PHILIPPE COHEN / RICHARD MALKA / RISS

# CARLA & CARLITO

## OU LA VIE DE CHÂTEAU

ENQUÊTE : PHILIPPE COHEN
SCÉNARIO : RICHARD MALKA
DESSIN : RISS
COULEUR : ISABELLE LEBEAU

12bis fayard

DÉPÔT LÉGAL : NOVEMBRE 2008
ISBN : 978-2-35648-034-7
CET OUVRAGE EST UNE CO-ÉDITION 12 BIS ET LIBRAIRIE ARTHÈME FAYARD
LETTRAGE : WOMBAT
ACHEVÉ D'IMPRIMER EN BELGIQUE EN OCTOBRE 2008
PAR L'IMPRIMERIE LESAFFRE À TOURNAI

QUELQUE PART EN FRANCE, EN 2011...
INSTITUT Jean-Marie BIGARD
anciennement
( Pierre et Marie CURIE )
TRAITEMENT
des ADDICTIONS GRAVES
Désintoxication
et sevrage
GROUPE de DISCUSSION
Laeticia Hallyday
CERTAINS D'ENTRE VOUS SONT LÀ DEPUIS PLUSIEURS MOIS, D'AUTRES DEPUIS QUELQUES JOURS MAIS VOUS AVEZ TOUS ÉPROUVÉ LE MÊME TRAUMATISME...

CERTAINS ONT DÉFINITIVEMENT DÉCROCHÉ, D'AUTRES SONT TOUJOURS CONFRONTÉS AU PROBLÈME...
VOTRE POINT COMMUN EST DE LUTTER POUR OUBLIER ET POUR IMAGINER QU'UNE AUTRE VIE EST POSSIBLE...
VOS NEURONES ONT ÉTÉ SATURÉS D'ADRÉNALINE, VOTRE PERSONNALITÉ BROYÉE PAR LES HUMILIATIONS, LE CYNISME, LA DÉCEPTION... ET POUR FINIR, ON VOUS A OUBLIÉS OU ÉCARTÉS !
ZARA
PARIS MATCH
TEAM LAGARDÈRE
FRENCH DOCTOR
DÉSIRS D'AVENIR
D'AUTRES ENCORE NE PEUVENT PAS S'EMPÊCHER DE PRENDRE LE PROBLÈME COMME MODÈLE...
DÉSIRS D'AVENIR
LIBÉREZ-VOUS ! ICI VOUS POUVEZ TOUT DIRE... SOYEZ SINCÈRES ET VOS CHAÎNES DISPARAÎTRONT ! QUI VEUT DÉBUTER LA SÉANCE ?
BONJOUR, CÉCILIA ALBÉNIZ, 53 ANS, ANCIENNE ÉPOUSE DE NICOLAS... JE NE L'AI PAS VU DEPUIS 18 MOIS ET 3 JOURS...
ZARA
BRAVO ! TIENS BON, CÉCILIA !
... ET JE VOUDRAIS PARLER DU JOUR DE L'ÉLECTION...

LE 6 MAI 2007, J'AI PASSÉ TOUTE LA JOURNÉE À DORMIR...
C'EST ISABELLE... ISABELLE BALKANY. MA CHÉRIE, IL FAUT ABSOLUMENT QUE TU AILLES VOTER... JE T'EN PRIE. NICOLAS NE COMPRENDRAIT PAS !
L'HYPOCRISIE, LA VANITÉ, LES FAUX-SEMBLANTS... TOUT ÇA NE M'INTÉRESSAIT PLUS. J'ÉTAIS BIEN DÉCIDÉE À RESTER SEULE CE SOIR-LÀ...
ALORS QUE LA FOULE SE REGROUPE PLACE DE LA CONCORDE, LE NOUVEAU PRÉSIDENT ARRIVE AU CÉLÈBRE RESTAURANT LE FOUQUET'S...
POURTANT, CETTE SOIRÉE AU FOUQUET'S, JE L'AVAIS SOIGNEUSEMENT PRÉPARÉE, EN PARTICULIER LA LISTE DES INVITÉS...
ARNAULT Bernard (milliardaire + Luxe) : OUI
BOLLORÉ Vincent (milliardaire + bateau) : OUI
DASSAULT Serge (milliardaire + Falcon) : OUI
DATI Rachida (copine) : OUI
GIESBERT (n'est plus utile) : NON
HALLYDAY Johnny (chanteur bourré) : OUI
HORTEFEUX Brice (mauvaise fréquentation depuis 30 ans) : NON
JE DOIS DIRE QUE JE ME SUIS BIEN AMUSÉE AVEC CETTE LISTE...
FOUQU
DÉSOLÉ MAIS VOUS N'Y ÊTES PAS...
MAIS ENFIN, C'EST PAS POSSIBLE ! DOUSTE-BLAZY, LE MINISTRE !
ET NOUS ? YASMINA REZA, PIERRE CHARON ET LAURENT SOLLY ! ON N'EST PAS N'IMPORTE QUI !
PAS SUR LA LISTE, PAS AU FOUQUET'S ! DÉGAGEZ !
ET PUIS J'AI REÇU DES DIZAINES DE SMS ET D'APPELS... MES FILLES, MES AMIES... TROP DE PRESSION. J'AI FINI PAR CÉDER...

IL RÉGNAIT UN CLIMAT ÉTRANGE AU FOUQUET'S. TOUT SEMBLAIT FACTICE, DÉCALÉ... L'ENTHOUSIASME ÉTAIT GUINDÉ, L'EUPHORIE CONVENUE, LES SOURIRES BLASÉS...
TU AS VU COMME ELLE EST HABILLÉE ? C'EST INDIGNE !
FAIRE SA DIVA LE JOUR DE L'ÉLECTION ! ELLE AURAIT MIEUX FAIT DE RESTER CHEZ ELLE !
MOI JE LE CONNAIS À PEINE... JE NE SAVAIS PAS QUE JE FAISAIS PARTIE DE SES INTIMES !
C'EST QUAND MÊME DINGUE ! TRENTE MILLE PERSONNES POIREAUTENT À LA CONCORDE ET IL VIENT D'ABORD AU FOUQUET'S !
CE DÉBUT DE SOIRÉE FUT NAVRANT...
NON ! JE PARLERAI PAS À CETTE CONNE DE PARISOT QUI A PAS ÉTÉ FOUTUE DE RASSEMBLER LES PATRONS POUR MOI !
ET POURQUOI RACHIDA M'A RAMENÉ CE SALE CHIRAQUIEN DE PROGLIO* ?!
*PDG DE VEOLIA
MAIS LA SUITE ALLAIT ÊTRE PIRE ENCORE. C'ÉTAIT PATHÉTIQUE. JE NE SAVAIS PLUS OÙ ME METTRE...
DONNEZ-NOUS MILLE COLOMBES, ET DES MILLIONS D'HIRONDELLES...
DE RETOUR AU FOUQUET'S, NICOLAS S'EST MIS À DANSER LE SIRTAKI. J'AI CRAQUÉ...
MA CHÉRIE, ON COUCHE DANS LA SUITE À DIX MILLE ET DEMAIN ON PART EN CORSE POUR DES VACANCES. J'AI TOUT ARRANGÉ !
EN CORSE ?! LÀ OÙ TU VOYAIS... BIIIP ! PAS QUESTION !!!
EUH... JE PEUX VOUS PRÊTER MON YACHT SI ÇA PEUT ARRANGER...

C'ÉTAIT UN CAUCHEMAR, DOCTEUR ! EN TOUT CAS, C'EST COMME ÇA QU'ON A FINI SUR LE PALOMA...
BRAVO CÉCILIA ! C'EST COURAGEUX DE VOUS ÊTRE LIVRÉE AINSI...
OUI ARNAUD, VOUS VOULEZ INTERVENIR ?
ARNAUD LAGARDÈRE, LE "FRÈRE" DE NICOLAS COMME IL M'APPELAIT... ET JE N'ÉTAIS PAS AU FOUQUET'S ! MÊME RICHARD VIRENQUE Y ÉTAIT ET PAS MOI ! VOUS VOUS RENDEZ COMPTE ?
C'EST BOLLORÉ QUI M'A REMPLACÉ... JE LE SAIS, MAIS C'EST DUR !
PALOMA
IL FAUT DIRE QU'IL Y A MIS LES MOYENS... 170.000 € LA SEMAINE DE LOCATION, CARBURANT NON COMPRIS. ÇA FAIT CHER LA SCÈNE DE MÉNAGE...
AVEC LA MISE À DISPOSITION DE VOTRE FALCON 900 ET LES 15 KG DE PAIN DE CHEZ MOISAN À 200 € LE KILO, ÇA FAIT UNE NOTE DE...
STOP ! JE PRÉFÈRE PAS SAVOIR... POURVU QU'IL RESTE MARIÉ ! S'IL SE TROUVE UNE JEUNETTE, JE DÉPOSE LE BILAN !
MOI AUSSI J'AURAIS PU LUI PROPOSER UN YACHT ET UN JET ! DIRE QU'IL AVAIT DÉCLARÉ QU'EN CAS D'ÉLECTION IL SE RETIRERAIT DANS UN MONASTÈRE POUR "HABITER LA FONCTION ET PRENDRE LA MESURE DE LA GRAVITÉ DE SES CHARGES" !
I'VE GOT THE POWER !
PALOMA

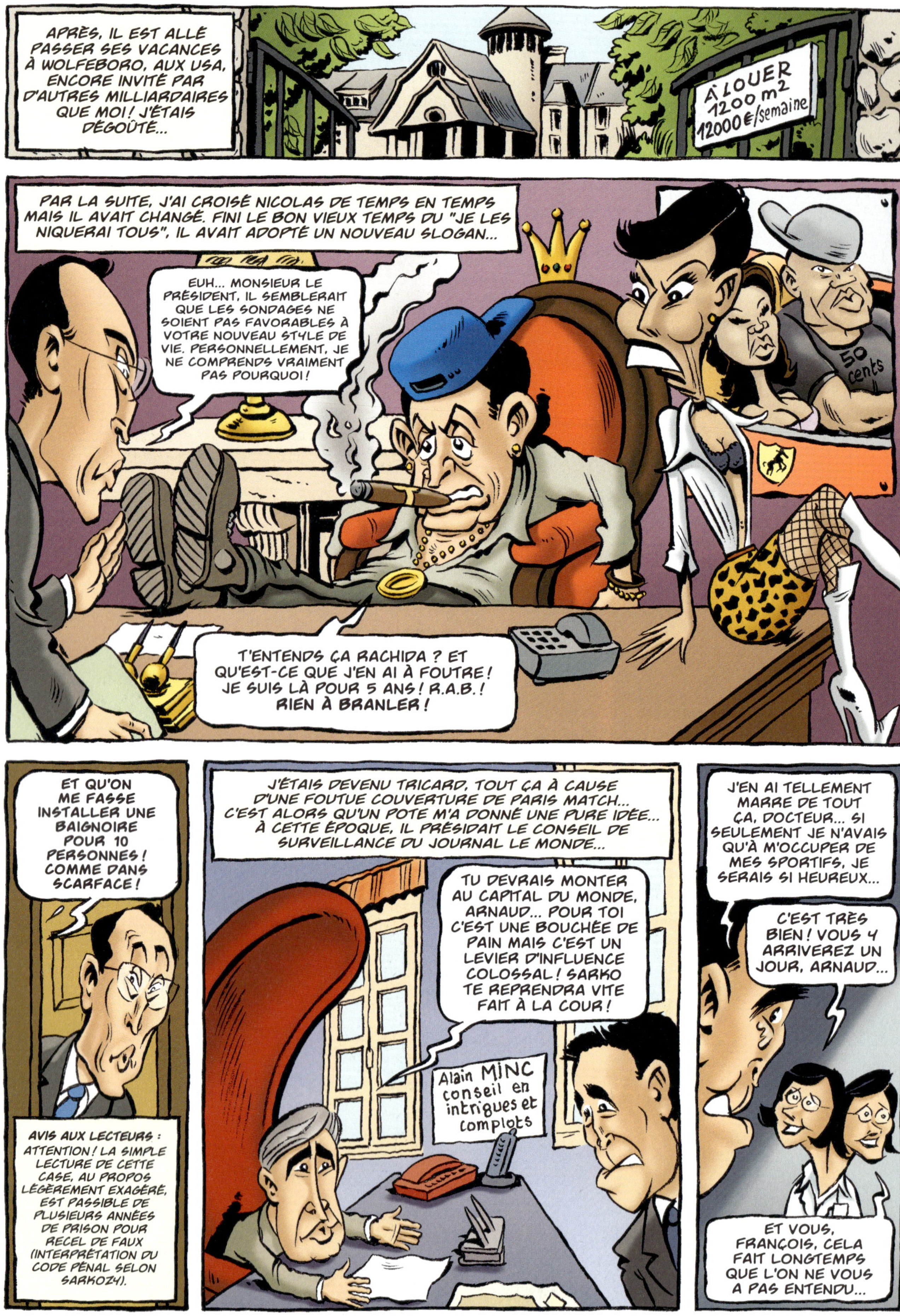

APRÈS, IL EST ALLÉ PASSER SES VACANCES À WOLFEBORO, AUX USA, ENCORE INVITÉ PAR D'AUTRES MILLIARDAIRES QUE MOI ! J'ÉTAIS DÉGOÛTÉ...
À LOUER 1200 m² 12000 €/semaine
PAR LA SUITE, J'AI CROISÉ NICOLAS DE TEMPS EN TEMPS MAIS IL AVAIT CHANGÉ. FINI LE BON VIEUX TEMPS DU "JE LES NIQUERAI TOUS", IL AVAIT ADOPTÉ UN NOUVEAU SLOGAN...
EUH... MONSIEUR LE PRÉSIDENT, IL SEMBLERAIT QUE LES SONDAGES NE SOIENT PAS FAVORABLES À VOTRE NOUVEAU STYLE DE VIE. PERSONNELLEMENT, JE NE COMPRENDS VRAIMENT PAS POURQUOI !
50 cents
T'ENTENDS ÇA RACHIDA ? ET QU'EST-CE QUE J'EN AI À FOUTRE ! JE SUIS LÀ POUR 5 ANS ! R.A.B. ! RIEN À BRANLER !
ET QU'ON ME FASSE INSTALLER UNE BAIGNOIRE POUR 10 PERSONNES ! COMME DANS SCARFACE !
AVIS AUX LECTEURS : ATTENTION ! LA SIMPLE LECTURE DE CETTE CASE, AU PROPOS LÉGÈREMENT EXAGÉRÉ, EST PASSIBLE DE PLUSIEURS ANNÉES DE PRISON POUR RECEL DE FAUX (INTERPRÉTATION DU CODE PÉNAL SELON SARKOZY).
J'ÉTAIS DEVENU TRICARD, TOUT ÇA À CAUSE D'UNE FOUTUE COUVERTURE DE PARIS MATCH... C'EST ALORS QU'UN POTE M'A DONNÉ UNE PURE IDÉE... À CETTE ÉPOQUE, IL PRÉSIDAIT LE CONSEIL DE SURVEILLANCE DU JOURNAL LE MONDE...
TU DEVRAIS MONTER AU CAPITAL DU MONDE, ARNAUD... POUR TOI C'EST UNE BOUCHÉE DE PAIN MAIS C'EST UN LEVIER D'INFLUENCE COLOSSAL ! SARKO TE REPRENDRA VITE FAIT À LA COUR !
Alain MINC conseil en intrigues et complots
J'EN AI TELLEMENT MARRE DE TOUT ÇA, DOCTEUR... SI SEULEMENT JE N'AVAIS QU'À M'OCCUPER DE MES SPORTIFS, JE SERAIS SI HEUREUX...
C'EST TRÈS BIEN ! VOUS Y ARRIVEREZ UN JOUR, ARNAUD...
ET VOUS, FRANÇOIS, CELA FAIT LONGTEMPS QUE L'ON NE VOUS A PAS ENTENDU...

RAS LE BOL ! MOI, J'EN AI RAS LE BOL !
VOUS SAVEZ CE QUE C'EST DE VIVRE CHAQUE JOUR AVEC NÉRON ?
GUAINO
GUÉANT
JE VAIS VENDRE DES CENTRALES NUCLÉAIRES À TOUS LES DICTATEURS DU MONDE, J'ORGANISERAI DES ORGIES DE TOP MODELS ET J'EMMERDE LA LAÏCITÉ !
ET J'ACHÈTERAI DES MILLIONS DE ROLEX !
ÇA, C'EST PAS MOI QUI L'AI ÉCRIT...
ET MERDE, IL FAIT ENCORE UNE CRISE !
MARRE ! RAS LE BOL !
ET PUIS, J'EN POUVAIS PLUS DES BLAGUES QUI CIRCULAIENT SUR MOI...
SI VOUS VOULEZ SAVOIR CE QUE VA FAIRE SARKO, INVITEZ GUÉANT, SI VOUS VOULEZ SAVOIR CE QUE PENSE SARKO, INVITEZ GUAINO, SI VOUS VOULEZ SAVOIR COMMENT VA FAIRE SARKO, INVITEZ MARTINON, SI VOUS VOULEZ SAVOIR QUEL TEMPS IL FERA À CETTE DATE-LÀ, INVITEZ FILLON...
ASSEMBLÉE NATIONALE Salle des 4 colonnes
DE MÊME QUE DES SURNOMS QUE L'ON ME DONNAIT...
GAFFE ! VOILÀ MISTER NOBODY !

EN FAIT, LE VRAI GOUVERNEMENT SE RÉUNISSAIT TOUS LES JOURS, À 8H30, AUTOUR DU PRÉSIDENT. IL ÉTAIT COMPOSÉ DE SES 10 PRINCIPAUX CONSEILLERS...
BON, POUR LES TAXIS, ON RECULE ET AUX PÊCHEURS, ON LÂCHE TOUT ! QUANT AU DÉFICIT BUDGÉTAIRE, ON L'EXPLOSE COMME À L'ÉPOQUE DE BALLADUR !
BRAVO ! ÇA C'EST LA RUPTURE !
LE PROBLÈME, C'EST VOTRE ÉLECTORAT ÂGÉ. IL N'APPRÉCIE PAS À SA JUSTE VALEUR VOTRE VIE SENTIMENTALE SI MERVEILLEUSE, MONSIEUR LE PRÉSIDENT BIEN-AIMÉ...
RIEN À BRANLER DES VIOCS ! J'SUIS LÀ POUR 5 ANS !
TOUTES LES DÉCISIONS IMPORTANTES S'Y PRENAIENT. DES BONS ET DES MAUVAIS POINTS ÉTAIENT DÉCERNÉS AUX MINISTRES, LA COMMUNICATION S'Y DÉCIDAIT...
AMARA, ELLE EST MARRANTE POUR LA TÉLÉ MAIS FAUT PAS LUI DEMANDER PLUS. VOUS ME DIREZ, C'EST PAS PIRE QUE LAGARDE ! JE SAIS PAS CE QUI M'A PRIS DE LA NOMMER CELLE-LÀ !
ENSUITE, LES MINISTRES ATTENDAIENT FÉBRILEMENT QUE LES INFORMATIONS ET APPRÉCIATIONS REDESCENDENT...
PAS DE NOUVELLES, ÇA VEUT DIRE QU'IL ME MÉPRISE ! POURTANT, AU GRENELLE, J'AI LÂCHÉ TOUT ET SON CONTRAIRE À TOUT LE MONDE, COMME IL VOULAIT !
SELON LE SITE DE L'ÉLYSÉE, LE PRÉSIDENT N'AVAIT QUE 11 CONSEILLERS... EN RÉALITÉ, ILS ÉTAIENT PLUS DE 70 ! BIEN PLUS QUE SOUS CHIRAC ET DAVANTAGE QU'IL N'AVAIT PROMIS...
EN CAS D'ÉLECTION, JE M'ENGAGE À GOUVERNER AVEC UNE ÉQUIPE RESTREINTE !
EN FAIT, LE NOMBRE DE CONSEILLERS ÉTAIT TEL QUE LES 44 CHAUFFEURS DE L'ÉLYSÉE SE PLAIGNAIENT DES CADENCES INFERNALES QUE CELA LEUR IMPOSAIT.
EN TOUT CAS, LA RÉDUCTION DES EFFECTIFS PUBLICS, C'EST PAS POUR LES CONSEILLERS DU PRÉSIDENT !

AINSI, NI KOUCHNER, NI LAGARDE, NI MOI-MÊME N'AVONS EU NOTRE MOT À DIRE SUR LES INITIATIVES LIBYENNES DU PRÉSIDENT, LE PLAN FISCAL DE L'ÉTÉ OU LA FUSION SUEZ/GDF…
Facebook
COMMUNAUTÉ DES MINISTRES QUI NE SERVENT À RIEN
VOULEZ-VOUS REJOINDRE CE GROUPE ?
FILLON LAGARDE KOUCHNER RAMA YADE BORLOO
MÊME CE PETIT CON DE MARTINON, "L'IMBÉCILE" COMME L'APPELAIT NICOLAS, SE FOUTAIT DE MOI…
SARKOZY ET FILLON ONT PRÉPARÉ ENSEMBLE LE PROGRAMME PRÉSIDENTIEL. LE PREMIER MINISTRE N'AURA PAS À FAIRE PREUVE DE BEAUCOUP D'IMAGINATION !
EN PLUS, LES MINISTRES ÉTAIENT SURVEILLÉS PAR LEURS DIRECTEURS DE CABINET. IL EN ÉTAIT AINSI DE STÉPHANE RICHARD, JEUNE MULTI-MILLIONNAIRE IMPOSÉ À BERCY PAR LE PRÉSIDENT, QUI LUI AVAIT REMIS SA LÉGION D'HONNEUR EN FÉVRIER 2007 AU TERME D'UN DISCOURS QUI AVAIT MÉDUSÉ L'ASSISTANCE…
MON STÉPHANE, TU ES RICHE, TU AS UNE BELLE MAISON… TU AS FAIT FORTUNE. PEUT-ÊTRE, PLUS TARD, Y PARVIENDRAI-JE MOI-MÊME.
ÉVIDEMMENT, LA PRÉSIDENCE CONTRÔLAIT AUSSI LA COMMUNICATION… UNE AGENCE DE PRESSE ÉLYSÉENNE A MÊME ÉTÉ CRÉÉE ! 8 PETITS GÉNIES SE CHARGEAIENT AINSI D'ABREUVER DE MAILS TOUTES LES RÉDACTIONS…
PLAN de PROFESSIONNALISATION DE LA COMMUNICATION
•Bombarder les journalistes d'infos pour qu'ils n'aient pas le temps d'en trouver
•Traiter par priorité les faits divers
•Commenter les décès, sauf celui de Jacques Martin
ET ENCORE, JE NE VOUS PARLE PAS DES MINISTRES QUE LE PRÉSIDENT M'A IMPOSÉS, NI MÊME DE LEURS CV APPROXIMATIFS…
RACHIDA DATI
Née le 27 Novembre 1965 à Saint-Rémy
DIPLÔMES
•Ecole Primaire.
•BAC.
•Ancienne élève de l'Institut Supérieur des affaires.
•MBA d'économie à Harvard.
•Diplômée de physique nucléaire.
•Prix Nobel de Littérature.
•Major de promo de l'ENA, Polytechnique et Normal Sup.
LOISIRS
•Top model chez Dior.
•Chef d'orchestre au Philarmonique de Berlin.
•Médaille d'or olympique de ski et de natation. Championne du monde d'échecs.
•Oscar de la meilleure actrice.

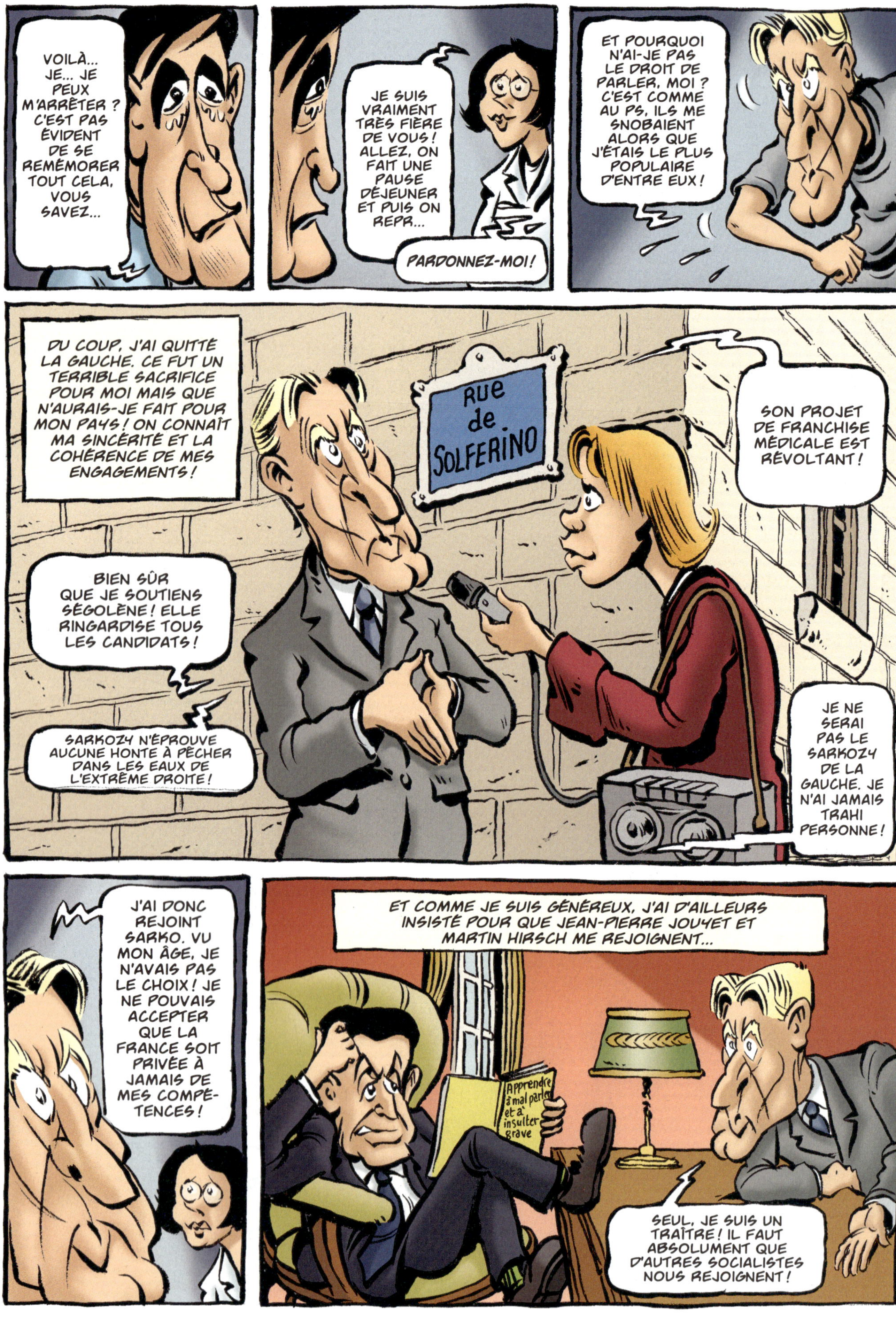

VOILÀ... JE... JE PEUX M'ARRÊTER ? C'EST PAS ÉVIDENT DE SE REMÉMORER TOUT CELA, VOUS SAVEZ...
JE SUIS VRAIMENT TRÈS FIÈRE DE VOUS ! ALLEZ, ON FAIT UNE PAUSE DÉJEUNER ET PUIS ON REPR...
PARDONNEZ-MOI !
ET POURQUOI N'AI-JE PAS LE DROIT DE PARLER, MOI ? C'EST COMME AU PS, ILS ME SNOBAIENT ALORS QUE J'ÉTAIS LE PLUS POPULAIRE D'ENTRE EUX !
DU COUP, J'AI QUITTÉ LA GAUCHE. CE FUT UN TERRIBLE SACRIFICE POUR MOI MAIS QUE N'AURAIS-JE FAIT POUR MON PAYS ! ON CONNAÎT MA SINCÉRITÉ ET LA COHÉRENCE DE MES ENGAGEMENTS !
Rue de SOLFERINO
SON PROJET DE FRANCHISE MÉDICALE EST RÉVOLTANT !
BIEN SÛR QUE JE SOUTIENS SÉGOLÈNE ! ELLE RINGARDISE TOUS LES CANDIDATS !
SARKOZY N'ÉPROUVE AUCUNE HONTE À PÊCHER DANS LES EAUX DE L'EXTRÊME DROITE !
JE NE SERAI PAS LE SARKOZY DE LA GAUCHE. JE N'AI JAMAIS TRAHI PERSONNE !
J'AI DONC REJOINT SARKO. VU MON ÂGE, JE N'AVAIS PAS LE CHOIX ! JE NE POUVAIS ACCEPTER QUE LA FRANCE SOIT PRIVÉE À JAMAIS DE MES COMPÉTENCES !
ET COMME JE SUIS GÉNÉREUX, J'AI D'AILLEURS INSISTÉ POUR QUE JEAN-PIERRE JOUYET ET MARTIN HIRSCH ME REJOIGNENT...
Apprendre à mal parler et à insulter Brave
SEUL, JE SUIS UN TRAÎTRE ! IL FAUT ABSOLUMENT QUE D'AUTRES SOCIALISTES NOUS REJOIGNENT !

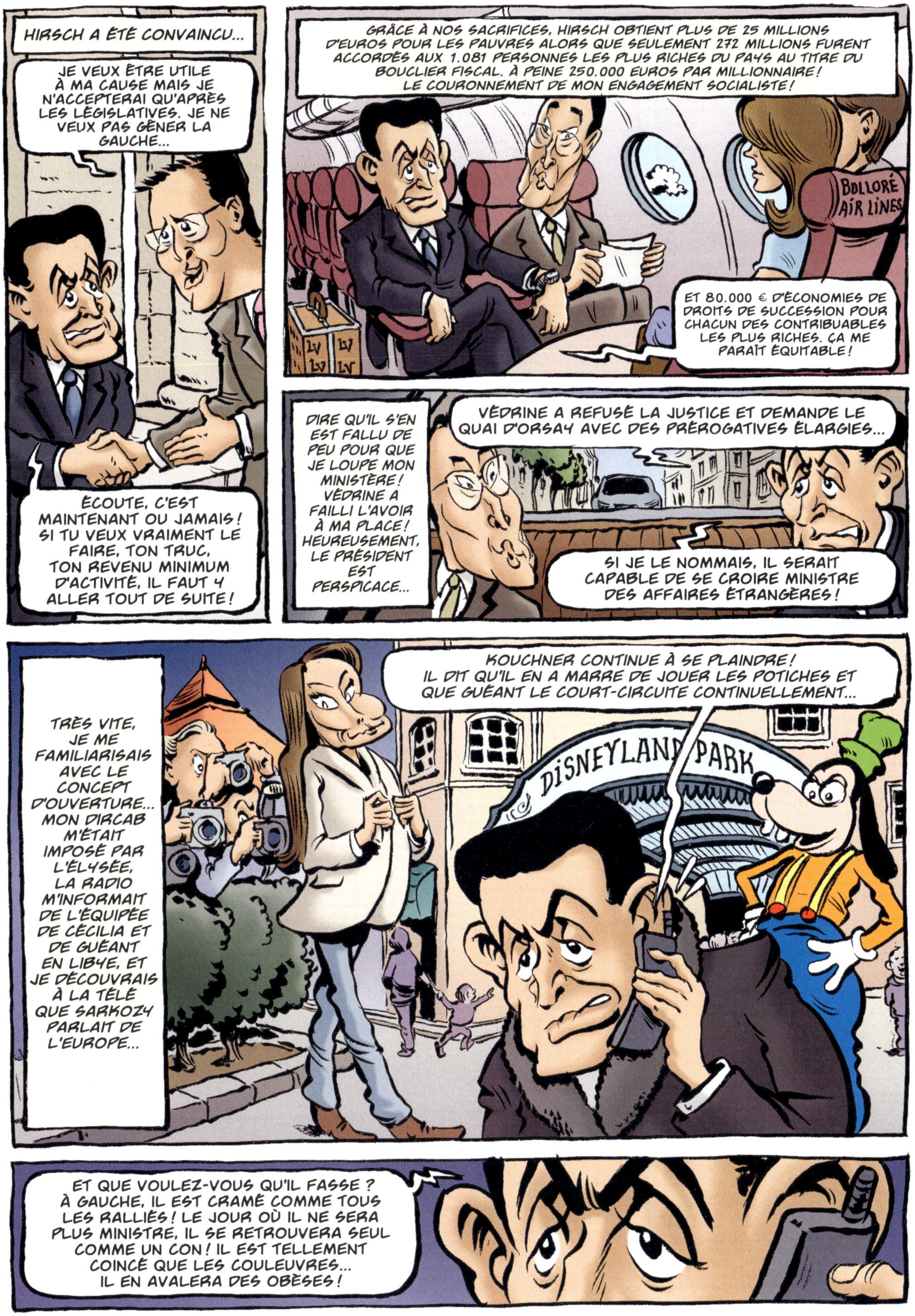
HIRSCH A ÉTÉ CONVAINCU...
JE VEUX ÊTRE UTILE À MA CAUSE MAIS JE N'ACCEPTERAI QU'APRÈS LES LÉGISLATIVES. JE NE VEUX PAS GÊNER LA GAUCHE...
ÉCOUTE, C'EST MAINTENANT OU JAMAIS ! SI TU VEUX VRAIMENT LE FAIRE, TON TRUC, TON REVENU MINIMUM D'ACTIVITÉ, IL FAUT Y ALLER TOUT DE SUITE !
GRÂCE À NOS SACRIFICES, HIRSCH OBTIENT PLUS DE 25 MILLIONS D'EUROS POUR LES PAUVRES ALORS QUE SEULEMENT 272 MILLIONS FURENT ACCORDÉS AUX 1.081 PERSONNES LES PLUS RICHES DU PAYS AU TITRE DU BOUCLIER FISCAL. À PEINE 250.000 EUROS PAR MILLIONNAIRE ! LE COURONNEMENT DE MON ENGAGEMENT SOCIALISTE !
BOLLORÉ AIR LINES
ET 80.000 € D'ÉCONOMIES DE DROITS DE SUCCESSION POUR CHACUN DES CONTRIBUABLES LES PLUS RICHES. ÇA ME PARAÎT ÉQUITABLE !
DIRE QU'IL S'EN EST FALLU DE PEU POUR QUE JE LOUPE MON MINISTÈRE ! VÉDRINE A FAILLI L'AVOIR À MA PLACE ! HEUREUSEMENT, LE PRÉSIDENT EST PERSPICACE...
VÉDRINE A REFUSÉ LA JUSTICE ET DEMANDE LE QUAI D'ORSAY AVEC DES PRÉROGATIVES ÉLARGIES...
SI JE LE NOMMAIS, IL SERAIT CAPABLE DE SE CROIRE MINISTRE DES AFFAIRES ÉTRANGÈRES !
TRÈS VITE, JE ME FAMILIARISAIS AVEC LE CONCEPT D'OUVERTURE... MON DIRCAB M'ÉTAIT IMPOSÉ PAR L'ÉLYSÉE, LA RADIO M'INFORMAIT DE L'ÉQUIPÉE DE CÉCILIA ET DE GUÉANT EN LIBYE, ET JE DÉCOUVRAIS À LA TÉLÉ QUE SARKOZY PARLAIT DE L'EUROPE...
KOUCHNER CONTINUE À SE PLAINDRE ! IL DIT QU'IL EN A MARRE DE JOUER LES POTICHES ET QUE GUÉANT LE COURT-CIRCUITE CONTINUELLEMENT...
DISNEYLAND PARK
ET QUE VOULEZ-VOUS QU'IL FASSE ? À GAUCHE, IL EST CRAMÉ COMME TOUS LES RALLIÉS ! LE JOUR OÙ IL NE SERA PLUS MINISTRE, IL SE RETROUVERA SEUL COMME UN CON ! IL EST TELLEMENT COINCÉ QUE LES COULEUVRES... IL EN AVALERA DES OBÈSES !

JE COMPRENAIS QUE L'OUVERTURE ÉTAIT CONÇUE POUR "DESSOUDER DÉFINITIVEMENT BAYROU" (DIXIT LE PRÉSIDENT) ET ANÉANTIR LE PS. AUX GENS DE GAUCHE, SARKOZY DISAIT QU'IL FALLAIT DÉPASSER LES FAUX CLIVAGES, ÊTRE MODERNE ET COURAGEUX. AUX GAULLISTES COMME GUAINO, IL DISAIT QUE C'ÉTAIT UN MOYEN DE RÉPONDRE À LA CRISE DU POLITIQUE, COMME DE GAULLE L'AVAIT FAIT. AUX LIBÉRAUX, IL DISAIT QUE C'ÉTAIT NÉCESSAIRE POUR LES RÉFORMES ET À L'UMP, QU'ILS CONSERVERAIENT AINSI LE POUVOIR POUR LONGTEMPS...
CLAUDE ALLÈGRE : APPRÉCIÉ À DROITE. APPROCHÉ POUR LA RECHERCHE MAIS SES POSITIONS SUR L'AMIANTE ET LES OGM POSENT PROBLÈME.
TU QUOQUE MI FILI !
ÉRIC BESSON : ULCÉRÉ PAR LES ATTAQUES DE SÉGOLÈNE ROYAL. NICOLAS SARKOZY : "LES SOCIALISTES TE CONSIDÉRERONT TOUJOURS COMME UN TRAÎTRE, TU NE VAS PAS, EN PLUS, PASSER POUR UN CON !".
JULIEN DRAY : DÉÇU PAR SÉGOLÈNE ROYAL. IL EST HARCELÉ PAR LE PRÉSIDENT : "ON EST D'ACCORD SUR PLEIN DE CHOSES ! TU ES LE MEILLEUR. DE TOUTE FAÇON, SI ELLE AVAIT GAGNÉ, ELLE T'AURAIT PAS PRIS DANS SON GOUVERNEMENT !". DRAY EN EST EFFECTIVEMENT CONVAINCU MAIS REFUSE QUAND MÊME.
JACK LANG : PROPOSE À NICOLAS SARKOZY DE CRÉER UN CONSEIL NATIONAL DE L'INTÉGRATION QU'IL PRÉSIDERAIT. OPPOSITION FAROUCHE DE L'UMP À SON ENTRÉE AU GOUVERNEMENT. LE PRÉSIDENT S'AMUSE À FAIRE COURIR DES RUMEURS À CE SUJET.
MALEK BOUTIH : MARGINALISÉ PAR LES SOCIALISTES, IL ACCEPTE UN MINISTÈRE. FINALEMENT, JULIEN DRAY LE PERSUADE DE REFUSER ET DE RESTER AU PS.
FADELA AMARA : SECOND CHOIX, CONTACTÉE APRÈS LE REFUS DE MALEK BOUTIH. DRAY NE L'A PAS DISSUADÉE DE REJOINDRE LE GOUVERNEMENT.

JEAN-MARIE BOCKEL : CONTACTÉ DÈS NOVEMBRE 2006. QUELQUES SEMAINES AVANT SA NOMINATION, IL CONFIAIT : "REJOINDRE SARKO, CE SERAIT UN CASUS BELLI AVEC MON ÉPOUSE". AUX DERNIÈRES NOUVELLES, IL EST TOUJOURS MARIÉ.
JACQUES SÉGUÉLA ET GEORGES-MARC BENAMOU : ANCIENS PROCHES DE MITTERRAND. ILS REJOIGNENT AVEC ENTHOUSIASME SARKOZY ENTRE LES DEUX TOURS DES PRÉSIDENTIELLES.
MANUEL VALLS : INVITÉ À L'ÉLYSÉE ENTRE LES DEUX TOURS DES LÉGISLATIVES...
JE TE L'AVAIS DIT IL Y A TROIS ANS QUE JE TE PRENDRAIS AU GOUVERNEMENT. L'HEURE EST VENUE. VOUS ÊTES MORTS, VOUS ÊTES DANS L'OPPOSITION POUR 20 ANS, ALORS SAUTE LE PAS ! À L'UMP, IL N'Y A QUE DES CONS. TU ES LE MEILLEUR !
J'AI UNE GAUCHE À RECONSTRUIRE. L'OUVERTURE EST UNE CONFUSION !
RÉFLÉCHIS !

ÉVIDEMMENT, CETTE POLITIQUE CRÉA QUELQUES DÉÇUS, CERTAINS DES FIDÈLES DU PRÉSIDENT SE TROUVANT PRIVÉS DE MINISTÈRE AU PROFIT DE LEURS PIRES ENNEMIS...
LES RECALÉS
Élève DEVEDJIAN ami de 30ans
JE SUIS POUR ALLER TRÈS LOIN DANS L'OUVERTURE, Y COMPRIS JUSQU'À L'UMP !
Élève COPÉ avocat fictif
C'EST LA PIRE SEMAINE DE MA VIE !
Élève LELLOUCHE fayot en chef cocufié par KOUCHNER
J'AI ÉTÉ ATTIRÉ DANS UN PIÈGE À RATS !
DANS L'ESPRIT DU PRÉSIDENT, IL FALLAIT RATISSER LARGE, DE BOVÉ AU CPNT ET DE YANNICK NOAH À DE VILLIERS.
J'AI PROPOSÉ UNE FORTUNE À NOAH POUR QU'IL CHANTE AU 14 JUILLET MAIS IL A REFUSÉ ! RÉCUPÉRATION AVORTÉE !
J'AI SUSPENDU LES OGM ET J'AI FAIT LA BISE À BOVÉ ! ALTERMONDIALISTE DÉSARMORCÉ !
WAR ROOM
DESTRUCTURATION POLITIQUE
SUPPRESSION DES CORPS INTERMÉDIAIRES
ÉRADICATION DES OPPOSITIONS
BROUILLAGE DES ONDES MÉDIATIQUES
J'AI CONFIÉ UNE MISSION OFFICIELLE À NIHOUS DU CPNT. ACCORD ÉLECTORAL EN VUE, COMME AVEC DE VILLIERS !
EN FAIT, LE PRÉSIDENT CONSACRAIT BIEN PLUS D'ÉNERGIE À TENTER DE NEUTRALISER SES ENNEMIS D'HIER QU'À SE SOUCIER DE SES AMIS DE L'UMP, QU'IL MÉPRISAIT SOUVENT ET QUI ÉTAIENT BIEN FORCÉS DE LE SOUTENIR...
VOUS FEREZ UN EXCELLENT PRÉSIDENT DU FMI. MON SOUTIEN SERA SANS FAILLE !
JE TE DÉGAGE À NEW YORK ET JE SUIS RÉÉLU PEINARD EN 2012 !
MERCI, MONSIEUR LE PRÉSIDENT, J'APPRÉCIE INFINIMENT !
S'IL CROIT QUE JE SUIS DUPE ! J'ACQUIERS UNE STATURE INTERNATIONALE ET JE DÉGOMME SÉGOLÈNE À MON RETOUR !
C'EST VRAIMENT DOMMAGE ! TU AURAIS FAIT UN TRÈS BON PATRON DU FMI MAIS AVEC TA POSITION CONTRE LE TRAITÉ EUROPÉEN, TU N'AURAS PAS LE SOUTIEN DE L'UNION...
TROP DRÔLE SA TRONCHE ! QUE C'EST BON D'ÊTRE LE ROI...
JE COMPRENDS, MONSIEUR LE PRÉSIDENT...
ET EN PLUS CET INCULTE ME PREND POUR UN CON ! QUAND JE PENSE QU'ON EST PASSÉ DE MITTERRAND À ÇA...
ENFIN, L'OUVERTURE FUT DÉGAINÉE POUR LES MUNICIPALES. PLUS DE 1.000 "PRISES DE GUERRE" SELON L'ÉLYSÉE... CHAQUE JOUR, LE PRÉSIDENT S'EN FAISAIT COMMUNIQUER LA LISTE...
POUR LES REBUTS DU PS C'EST BON MAIS Y'A PAS ENCORE ASSEZ DE NUISIBLES !
PAILLÉ
EUH... VISIBLES, MONSIEUR LE PRÉSIDENT. MINORITÉS VISIBLES...

QUANT À MOI, JE REGARDAIS PASSER LES TRAINS AU QUAI D'ORSAY MAIS AU MOINS AI-JE RÉUSSI À ŒUVRER POUR MA FAMILLE. C'EST AINSI QU'AVEC CHRISTINE NOUS AVONS PARTAGÉ NOS VACANCES AVEC NICOLAS ET CARLA, À PÉTRA...
LES NABATÉENS CONSTITUAIENT UNE GRANDE CIVILISATION AUJOURD'HUI DISPARUE...
COMME LES SOCIALISTES !
ET, PAR UN HEUREUX HASARD, CHRISTINE FUT NOMMÉE DIRECTRICE GÉNÉRALE DE LA NOUVELLE CHAÎNE FRANCE-MONDE (600.000 €/AN). JUSQUE-LÀ, ELLE NE DISPOSAIT QUE D'UNE PIGE À 120.000 € SUR FRANCE 24, CHAÎNE QUE PERSONNE NE REGARDAIT...
DIS-MOI, OMAR, J'AI BESOIN D'UN CONSEIL. ÇA TE POSERAIT UN PROBLÈME, TOI, DE NOMMER L'ÉPOUSE DE TON MINISTRE DES AFFAIRES ÉTRANGÈRES À LA TÊTE D'UN GRAND MÉDIA PUBLIC ?
MAIS NON ! PAS DU TOUT ! ON FAIT ÇA TOUS LES JOURS, ICI !
MAIS, AVEC LE RECUL, JE ME DIS QUE J'AURAIS DÛ RELIRE MACHIAVEL... QUAND ON CHANGE DE CAMP, C'EST UN CHEMIN SANS RETOUR ET SUR CETTE ROUTE, J'ALLAIS PERDRE ÉNORMÉMENT...
C'EST TRÈS ÉMOUVANT BERNARD, MAIS...
BONJOUR À TOUS !
ON PEUT ENTRER ?
CÉCILIA ! C'EST SI BON DE VOUS REVOIR ! TOUT EST ALLÉ SI MAL APRÈS VOTRE DÉPART...
ON VOUS A APPORTÉ DES SANDWICHS !
Jean Sarkozy m'a tué
Le Joggeur du Fouquet's
ON A VU QUE VOUS AVIEZ DU RETARD ET NOTRE SÉANCE COMMENCE... VOUS N'ÊTES PAS TROP FATIGUÉS ?
IL FAUT BEAUCOUP DE VOLONTÉ POUR VOUS SEVRER DE VOTRE ADDICTION, SURTOUT QU'IL N'EXISTE AUCUN MÉDICAMENT ADAPTÉ...
ALORS NE VOUS INQUIÉTEZ PAS... JE PEUX ME PASSER D'UNE PAUSE DÉJEUNER !
D'AUTANT QUE JE VOUS SENS IMPATIENT, GEORGES-MARC...

ÇA ME FAIT TANT DE BIEN DE VOUS PARLER... VOUS SAVEZ, APRÈS ÊTRE PASSÉ DE MITTERRAND À BALLADUR, DE BALLADUR À CHIRAC ET DE CHIRAC À SARKOZY, JE CROYAIS ÊTRE INSUBMERSIBLE...
TOUT AVAIT BIEN COMMENCÉ. NOMMÉ CONSEILLER DU PRÉSIDENT POUR LA CULTURE ET L'AUDIOVISUEL, TOUT M'ÉTAIT À NOUVEAU PERMIS... LE BONHEUR !
le Parisien
Un barmaid mis à pied après un incident avec Benamou
Le Canard enchaîné
Benamou refuse de payer ses factures d'hôtels
Libération
Benamou fait les poches du journal «La Provence»
BIEN SÛR, AVEC GUAINO, ON SE DÉTESTAIT ET LE PRÉSIDENT LUI-MÊME M'IGNORAIT PARFOIS MAIS J'AVAIS UNE POSITION STRATÉGIQUE QU'UN JOUR OU L'AUTRE JE FINIRAIS PAR RENTABILISER...
IL FAUT FAIRE QUELQUE CHOSE POUR NOS AMIS DE TF1. LEUR AUDIENCE BAISSE SANS CESSE !
ON NE PEUT PAS DIMINUER LES QUOTAS DE PRODUCTION FRANÇAISE. CE SERAIT MAL VU MAIS ON VA TROUVER AUTRE CHOSE !
POUR FINIR, C'EST ALAIN MINC QUI PROPOSA UNE SOLUTION AU PRÉSIDENT, PEU AVANT NOËL...
CE SONT LES CADEAUX DES CHEFS D'ÉTATS ÉTRANGERS. JE LEUR AI FAIT UNE LISTE...
Rolex
Vuitton
Weston
Mont Blanc
STYLOS ROUMAINS
IL FAUT CONTINUER À SURPRENDRE. MITTERRAND A PRIVATISÉ LA TÉLÉVISION, TOI, TU PEUX SUPPRIMER LA PUBLICITÉ SUR LES CHAÎNES PUBLIQUES ! LES BÉNÉFICES DE TF1 S'ENVOLERONT ET EN PLUS C'EST UNE MESURE DE GAUCHE !
NICOLAS FUT SÉDUIT ET ANNONÇA CE PROJET SANS QUE CHRISTINE ALBANEL ET MOI-MÊME EN AYONS ÉTÉ INFORMÉS...
IL N'Y AURA PLUS DE PUBLICITÉ SUR LES CHAÎNES PUBLIQUES...
POUR FINANCER CETTE MESURE, ALAIN MINC PROPOSA DE PONCTIONNER LES OPÉRATEURS DE TÉLÉPHONIE : " IL FAUT QUE LA NOUVELLE CULTURE PAIE POUR L'ANCIENNE ". HABILE SUGGESTION DU CONSEILLER DE BOLLORÉ, ET NOUVELLE ÉTAPE DE LA GUERRE SANS FIN QUE CE DERNIER LIVRAIT À BOUYGUES DEPUIS SON RAID BOURSIER AVORTÉ...
QUOI ? MAIS IL NOUS VIDE LA POCHE BOUYGUES TELECOM POUR REMPLIR CELLE DE TF1 ! ÇA N'A PAS DE SENS !
PAOLINI
SOLLY
BOUYGUES
C'EST ENCORE DU BOLLORÉ PAR MINC INTERPOSÉ ! ON EST LES DINDONS DE LA FARCE !
APRÈS TOUT CE QUE J'AI FAIT POUR NICOLAS ! IL DEVAIT NOUS AIDER ET, POUR FINIR, ÇA SE RETOURNE CONTRE NOUS ! SA RELATION AVEC BOLLORÉ DEVIENT UN PROBLÈME !

ÉVIDEMMENT, NOUS N'AVONS PAS OUBLIÉ NOS AMIS DU MONDE DES MÉDIAS. LE MINISTRE DES AFFAIRES ÉTRANGÈRES, NOTRE CHER BERNARD, DISTINGUAIT AINSI SON ÉPOUSE...
BEN LÀ, TU AS FAIT FORT, NICOLAS ! MÊME MOI J'AURAIS PAS OSÉ !
RF Christine Ockrent : OFFICIER DE LA LÉGION D'HONNEUR 14 juillet 2007
JE VIENS D'ÊTRE ÉLU. LES FRANÇAIS M'AIMENT ! JE PEUX TOUT ME PERMETTRE !
LE PRÉSIDENT S'OCCUPAIT AUSSI DE LA PRESSE ÉCRITE, COMME CE 16 DÉCEMBRE, LORS D'UN RENDEZ-VOUS À L'ÉLYSÉE...
C'EST FAIT, VOTRE NOUVEAU PATRON EST MON AMI NICOLAS BEYTOUT !
ET VOTRE PÉTITION CONTRE LVMH EST RIDICULE ! ON A ORDONNÉ À RAFFARIN, DEVEDJIAN, ACCOYER ET HIRSCH DE RENONCER À LA SIGNER !
ET PUIS SURTOUT, NOTRE STRATÉGIE DE COMMUNICATION DÉTERMINAIT POUR L'ESSENTIEL L'AGENDA PRÉSIDENTIEL...
CAVIAR
PARFAIT ! À RAISON DE 4 DÉPLACEMENTS ET DE 8 ANNONCES PAR JOUR, ON NE LAISSE AUCUN ESPACE MÉDIATIQUE À L'OPPOSITION !
ENTRE MAI ET AOÛT 2007, VOUS ÊTES APPARU 224 FOIS DANS LES JOURNAUX TÉLÉVISÉS CONTRE 94 FOIS POUR CHIRAC À LA MÊME PÉRIODE EN 1995 ET 75 FOIS EN 2002. C'EST BON ! ON EST OMNIPRÉSENTS !
D'AUTANT QUE LE CSA NE COMPTABILISE PAS VOS INTERVENTIONS.
LE PEUPLE SE BRANLE DU CSA ! IL N'Y AURA QUE VOS COPAINS INTELLOS DE SAINT-GERMAIN-DES-PRÉS POUR PROTESTER !
MON TRAVAIL N'ÉTAIT PAS TOUJOURS FACILE. CETTE SALETÉ DE GUAINO ME GLISSAIT DES PEAUX DE BANANE ET LE PRÉSIDENT DEVENAIT PARFOIS INGÉRABLE...
BOLLORÉ ACHÈTE TF1 À BOUYGUES QUI FUSIONNE AVEC AREVA. ON CRÉE UN GÉANT MONDIAL DE L'ÉNERGIE DONT JE PRENDS LA TÊTE APRÈS MA PRÉSIDENCE ET JE DEVIENS MAÎTRE DU MONDE !

PARFOIS, J'AVAIS L'IMPRESSION DE JOUER DANS UN FILM...
NICOLAS SARKOZY
dans
DESCENDS si TU ES UN HOMME
Avec PAT BALKANY alias le repris de justice
TITOU MARIANI dans le rôle du généticien fou
CHRIS ESTROSI 138 000 € le déplacement
DRÔLE D'ÉPOQUE... ON DEVENAIT MÊME RÉDACTEURS EN CHEF. AINSI, LE 29 SEPTEMBRE, BORLOO RECEVAIT LE GOTHA DES MÉDIAS AU MINISTÈRE DE L'ENVIRONNEMENT, POUR UNE RÉUNION UN PEU SURRÉALISTE...
BON ALORS VOUS ALLEZ FAIRE QUOI POUR L'ÉCOLOGIE ?
MOI, MOI ! ON VA SE REBAPTISER LA CHAÎNE VERTE ET ON VA CRÉER LA MÉTÉO VERTE !
AH, TRÈS BIEN ÇA ! ET LES CHAÎNES PUBLIQUES, ELLES VONT FAIRE QUOI POUR LA MÉTÉO ?
TF1
N. Paolini
EUH, MONSIEUR LE MINISTRE... ET SI VOUS NOUS LAISSIEZ FAIRE CHACUN SELON NOTRE STYLE ?
CLUZEL Radio France
PARFOIS, IL FALLAIT AUSSI TEMPÉRER LES COLÈRES DU PRÉSIDENT, COMME LORS DE CE DÉJEUNER ORGANISÉ EN L'HONNEUR D'ALBERT CAMUS, À L'ELYSÉE, LE 15 NOVEMBRE 2007...
J. Daniel
O. Todd
A. Gallimard
D. Rondeau
Y. Khadra
IL EST LOIN LE TEMPS DE FRANÇOIS-HENRI DE VIRIEU. AUJOURD'HUI, NOUS SOMMES CONFRONTÉS À L'INEPTIE ET À L'INCULTURE DES JOURNALISTES ! PRENEZ LES CHABOT, RUQUIER ET SÉBASTIEN ! ILS SONT DÉPLORABLES !
QUELQUES JOURS PLUS TARD, APRÈS SON INTERVENTION TÉLÉVISÉE DU 29 NOVEMBRE, NICOLAS S'EN PRENAIT À NOUVEAU À ARLETTE CHABOT DEVANT DES DIRIGEANTS DE L'AUDIOVISUEL...
ELLE EST NULLE ! ELLE N'A AUCUNE CULTURE ET ON AURAIT DIT QU'ELLE DORMAIT EN M'INTERVIEWANT !

IL FAUT DIRE QU'EN MATIÈRE CULTURELLE NICOLAS ATTEIGNAIT LE COMBLE DU RAFFINEMENT, COMME AVEC CETTE DÉCLARATION EN INDE...
VOUS SAVEZ, ON PEUT AIMER CÉLINE SANS ÊTRE ANTISÉMITE COMME ON PEUT AIMER PROUST SANS ÊTRE HOMOSEXUEL !
EUH... MAIS QUEL RAPPORT ? ÊTRE HOMOSEXUEL, C'EST COMME ÊTRE ANTISÉMITE, MAINTENANT ?
APRÈS CETTE HEUREUSE PÉRIODE, LE CLIMAT S'EST DÉTÉRIORÉ. J'AI ÉTÉ LOURDÉ COMME UN CHIEN ! POUR ME CONSOLER, LE PRÉSIDENT M'A OFFERT LA VILLA MÉDICIS MAIS MA TOTALE INCOMPÉTENCE POUR CE POSTE A PROVOQUÉ TANT DE REMOUS QUE L'ÉLYSÉE A DÛ Y RENONCER...
ENSEMBLE TOUT DEVIENT POSSIBLE
II Une démocratie irréprochable.
« L'honnêteté et l'impartialité de l'Etat sont à mes yeux des valeurs absolues [...] je veux que les nominations aux fonctions les plus importantes de l'Etat se fassent sur des critères de compétences et de hauteur de vues et non sur des critères de proximité avec le pouvoir politique en place ».
QUELLE TRISTESSE... TU SAIS, GEORGES-MARC, EN TANT QUE PORTE-PAROLE DE L'ÉLYSÉE ET SOUFFRE-DOULEUR PRÉFÉRÉ DU PRÉSIDENT, MOI AUSSI J'AI TRINQUÉ QUAND LES CHOSES ONT MAL TOURNÉ !
CONTINUEZ, DAVID...
AVEC LE RECUL, LE CRASH ÉTAIT INÉVITABLE MAIS DANS LE FEU DE L'ACTION, NOUS N'AVONS RIEN VU VENIR...
AVEC UNE ANNONCE DE RÉFORME PAR JOUR, NICOLAS SE COMPORTAIT COMME S'IL ÉTAIT ENCORE EN CAMPAGNE... SAUF QU'IL ÉTAIT DEVENU PRÉSIDENT ET QUE SON ACTION DEVENAIT TOTALEMENT ILLISIBLE POUR LES FRANÇAIS...
Audiovisuel
Commission sur les INSTITUTIONS
Commission Attali
Audiovisuel
Plan universités
Plan pour les pêcheurs
Service minimum
Plan banlieue
Plan Alzheimer
228ème réforme de l'immigration
Paquet fiscal
134ème réforme du Code Pénal
Grenelle
D'AUTANT QU'AUCUNE CATÉGORIE SOCIALE NE CONSTATAIT D'AMÉLIORATION DE SA SITUATION...
LA CROISSANCE EST RIDICULEMENT FAIBLE, L'INFLATION AUGMENTE, NOS FINANCES PUBLIQUES SE DÉGRADENT ET INQUIÈTENT TOUS NOS PARTENAIRES...
NOUS N'AVONS PAS BAISSÉ L'IMPÔT SUR LE REVENU, LE DÉFICIT DE LA SÉCU SE CREUSE, NOS HEURES SUP. NE PRENNENT PAS...

A:P. BALKANY 6 déj à coT de Clara MORGANE Tro Bone !
SUR LES RÉGIMES SPÉCIAUX, ON A DÉJÀ TOUT LÂCHÉ ET ON NÉGOCIE ENCORE...
ET LE SERVICE MINIMUM N'A STRICTEMENT RIEN CHANGÉ... ON NE VA PLUS FAIRE ILLUSION LONGTEMPS !
RIEN À BRANLER ! JE VAIS FAIRE UN DISCOURS SUR L'INSÉCURITÉ, L'IMMIGRATION ET LE LAXISME DE LA GAUCHE ! ÇA MARCHE TOUJOURS !
LE PRÉSIDENT AVAIT RAISON. JUSQU'EN NOVEMBRE, TOUT PASSAIT. DU COUP, SANS S'EN APERCEVOIR, ON A SEMÉ DES GRAINES DE MÉCONTENTEMENT QUI NE DEMANDAIENT QU'À GERMER...
Rolex
JET PRIVÉ
BOLLORÉ
PALOMA
RAY BAN
Voili
15 Octobre 2007
Le premier Président divorcé
30 Octobre 2007
172 % D'AUGMENT ! FAITES PÉTER LA THUNE !
6 Novembre 2007
140 % ! ENCULÉ !
DESCENDS DE LÀ SI T'ES UN HOMME !
SI JE DESCENDS, JE VAIS T'EN COLLER UNE !
APOUTOUTCHETCHE* !
* TRANSCRIPTION LITTÉRALE
ET PUIS, IL Y EUT LA RENCONTRE AVEC CARLA...
4 CONSONNES ET 3 VOYELLES,
C'EST LE PRÉNOM DE NICOLAS,
CONTRE SON ADN, J'AI CHANTÉ ET PÉTITIONNÉ,
MAIS NICOLAS EST BIEN MA DESTINÉE,
NICOLAS, 4 CONSONNES ET 3 VOYELLES,
JE LES MURMURE À MON RÉVEIL...

UN DIVORCE, PASSE ENCORE. MAIS UN MARIAGE AVEC UN MANNEQUIN HUIT SEMAINES APRÈS L'AVOIR RENCONTRÉ ET, QUI PLUS EST, S'AGISSANT D'UN PRÉSIDENT QUI VOULAIT LIQUIDER 1968... POUR NOTRE ÉLECTORAT, C'ÉTAIT UN PEU DUR À AVALER...
DANS LE CADRE DE SON " DROIT AU BONHEUR COMME TOUT LE MONDE ", LE PRÉSIDENT S'EST DONC MARIÉ AVEC LA RICHE ET BELLE CARLA BRUNI...
EN DÉCEMBRE, LES SONDAGES COMMENCÈRENT À S'EFFONDRER SÉRIEUSEMENT. LE VOYAGE EN ÉGYPTE N'ARRANGEA RIEN MAIS LES CHOSES SE CRISTALLISÈRENT LORS DE LA CONFÉRENCE DE PRESSE DU 8 JANVIER...
JE SUPPRIMERAI LES 35 HEURES ET SUR LE POUVOIR D'ACHAT, JE NE PEUX PAS PUISER DANS LES CAISSES PUISQU'ELLES SONT VIDES ! ... ET AVEC CARLA C'EST DU SÉRIEUX !
ÇA COMMENÇAIT À GROGNER SÉRIEUSEMENT, Y COMPRIS CHEZ LES DÉPUTÉS UMP...
NOS ÉLECTEURS DISENT QUE LES CAISSES SONT VIDES SAUF POUR LE PRÉSIDENT !
IL A FALLU RECTIFIER SUR LES 35 HEURES ET ÇA COINCE SUR L'AUDIOVISUEL !
Salle des 4 colonnes
PARFOIS, ON DIRAIT QUE MONACO A ENVAHI LA FRANCE...
NOTRE ÉLECTORAT CATHOLIQUE A L'IMPRESSION D'AVOIR ÉLU CALIGULA À L'ÉLYSÉE !
LE CONTRASTE ENTRE LE FASTE DE LA VIE DU PRÉSIDENT ET SON AVEU D'IMPUISSANCE SUR LE POUVOIR D'ACHAT FUT DÉSASTREUX ET, POUR COURONNER LE TOUT, SA RELATION SI PRIVILÉGIÉE AVEC LES JOURNALISTES SE DÉTÉRIORAIT...
TU AS VU COMME IL EST AGRESSIF AVEC NOUS !
FACILE QUAND ON N'A PAS DE MICRO POUR LUI RÉPONDRE ! C'EST COMME DÉFIER UN PÊCHEUR AVEC 20 GARDES DU CORPS...
ET PUIS, IL Y A EU TOUS CES RATÉS...
ALORS, TU LE KIFFES PAS À DONF, MON PLAN ?
NON FADELA ! JE LE KIFFE PAS TON PLAN DE MERDE ! TU PARLES D'UN PLAN MARSHALL ! MÊME MORANO AURAIT FAIT MIEUX !
QUOI ENCORE ?!
LES FLEURS DU MÂLE
EUH... MONSIEUR LE PRÉSIDENT, C'EST LE PLAN ATTALI... LES DÉPUTÉS SONT ULCÉRÉS, LES TAXIS EN GRÈVE, LES COIFFEURS GRONDENT, LES ÉCOLOS SONT ÉCOEURÉS ET LES LIBÉRAUX FURIEUX QU'ON ENVISAGE DE L'ENTERRER !

ENCORE UNE IDÉE DE GUAINO, CETTE COMMISSION ! SI SEULEMENT LE GROS SÉGUIN N'EN AVAIT PAS REFUSÉ LA PRÉSIDENCE, JE SERAIS PAS DANS CETTE MERDE !
JE NE SERAIS PAS... MIEL ÉTERNEL DE MA VIE, TU OUBLIES TOUJOURS TES NÉGATIONS... FAIS UN PEU ATTENTION !
ET PUIS, IL Y A EU LE FAMEUX SMS "SI TU REVIENS, J'ANNULE TOUT" QUE LE PRÉSIDENT A TRANSFORMÉ EN AFFAIRE D'ÉTAT AVEC SA PLAINTE SAUGRENUE POUR "FAUX"...
CÉCILIA, TU DOIS DÉMENTIR PUBLIQUEMENT !
MALLETTE NUCLÉAIRE
NON, JE NE LE FERAI PAS. J'AI TOURNÉ LA PAGE. JE N'AI PLUS RIEN À VOIR AVEC TOUT ÇA !
L'INFO SUR LE SMS PROVENAIT DE PROCHES DU PRÉSIDENT ALORS QUE LES ANCIENS ENNEMIS DE CÉCILIA REPRENAIENT DU POIL DE LA BÊTE.
LA FIRME
NOUS FAISONS LE SERMENT D'ÉRADIQUER DE LA SURFACE DU POUVOIR TOUS LES PROTÉGÉS DE CÉCILIA !
LA FRANCE ENTIÈRE NE PARLAIT PLUS QUE DE ÇA. LES PHOTOS DE NUS DE CARLA CIRCULAIENT DANS TOUS LES JOURNAUX D'EUROPE ET SUR INTERNET. LA FONCTION PRÉSIDENTIELLE EN PRENAIT UN COUP...
ET QUE PENSEZ-VOUS DE LA LIAISON DU PRÉSIDENT ?
IPSOS
ON L'A PAS ÉLU POUR QU'IL SOIT HEUREUX MAIS POUR QU'IL S'OCCUPE DE NOUS !
LES VIEILLES RECETTES NE FONCTIONNAIENT MÊME PLUS. PIRE, ELLES CRÉAIENT UN SCANDALE PAR JOUR...
CE PROJET SUR LA SHOAH EST INSOUTENABLE, DRAMATIQUE ET INJUSTE.
LA LOI SUR LA RÉTENTION ADMINISTRATIVE EST CENSURÉE.
HORS DE QUESTION DE REVENIR SUR LA DÉCISION DU CONSEIL CONSTITUTIONNEL !
COUR DE CASSATION
C'ÉTAIT LA PANIQUE, IL N'Y AVAIT PLUS QUE LA TRÈS RAFFINÉE NADINE MORANO POUR DÉFENDRE LES INITIATIVES DU PRÉSIDENT...
CONSEIL CONSTITUTIONNEL
SOIT ON EST AVEC NOUS, SOIT ON EST AVEC LES ASSASSINS D'ENFANTS !

L'APOTHÉOSE FUT ATTEINTE LE 23 FÉVRIER 2008, AU SALON DE L'AGRICULTURE...
BONCHOUR, BONCHOUR...
TOUCHE-MOI PAS, TU ME SALIS !
ALORS CASSE-TOI, PAUVRE CON !
ET MERDE, APRÈS LES PÊCHEURS, LES PÉQUENOTS !
CERTAINS SE RAPPELÈRENT LA REPARTIE DU CANDIDAT SARKOZY À SÉGOLÈNE ROYAL...
MADAME ROYAL, POUR ÊTRE PRÉSIDENT, IL FAUT ÊTRE CALME !
EN FÉVRIER 2008, ON TOUCHAIT LE FOND...
OK, J'ARRÊTE LES JETS PRIVÉS MAIS JE GARDE LA ROLEX ET LES RAY-BAN !
C'EST-À-DIRE QU'ON EST À 39 % D'OPINIONS FAVORABLES, MONSIEUR LE PRÉSIDENT...
CECI DIT, CHIRAC ÉTAIT UN PEU PLUS BAS... APRÈS 12 ANS DE PRÉSIDENCE...
LA PRESSE S'EN DONNAIT À CŒUR JOIE, MÊME NOS AMIS DU POINT...
le nouvel Observateur
Le Président qui fait PSCHITT
L'EXPRESS
LA DÉCEPTION
Marianne
La Pétition
Le Point
Ce qui cloche
VSD
LE PRÉSIDENT PEOPLE
ET PENDANT CE TEMPS, FILLON ÉTAIT AU ZÉNITH DE SA POPULARITÉ, CE QUI AGAÇAIT PRODIGIEUSEMENT LE PRÉSIDENT...
LE PREMIER MINISTRE, TOUJOURS AUSSI CALME, DISCRET ET DISTINGUÉ, LUI, POURSUIT SES CONSULTATIONS...
TOI MON SALAUD, JE VAIS BIEN M'OCCUPER DE TOI...
Cécilia
Carla
C'EST PARFAIT, DAVID, MAIS POURQUOI NE PAS PARLER DE VOUS ?

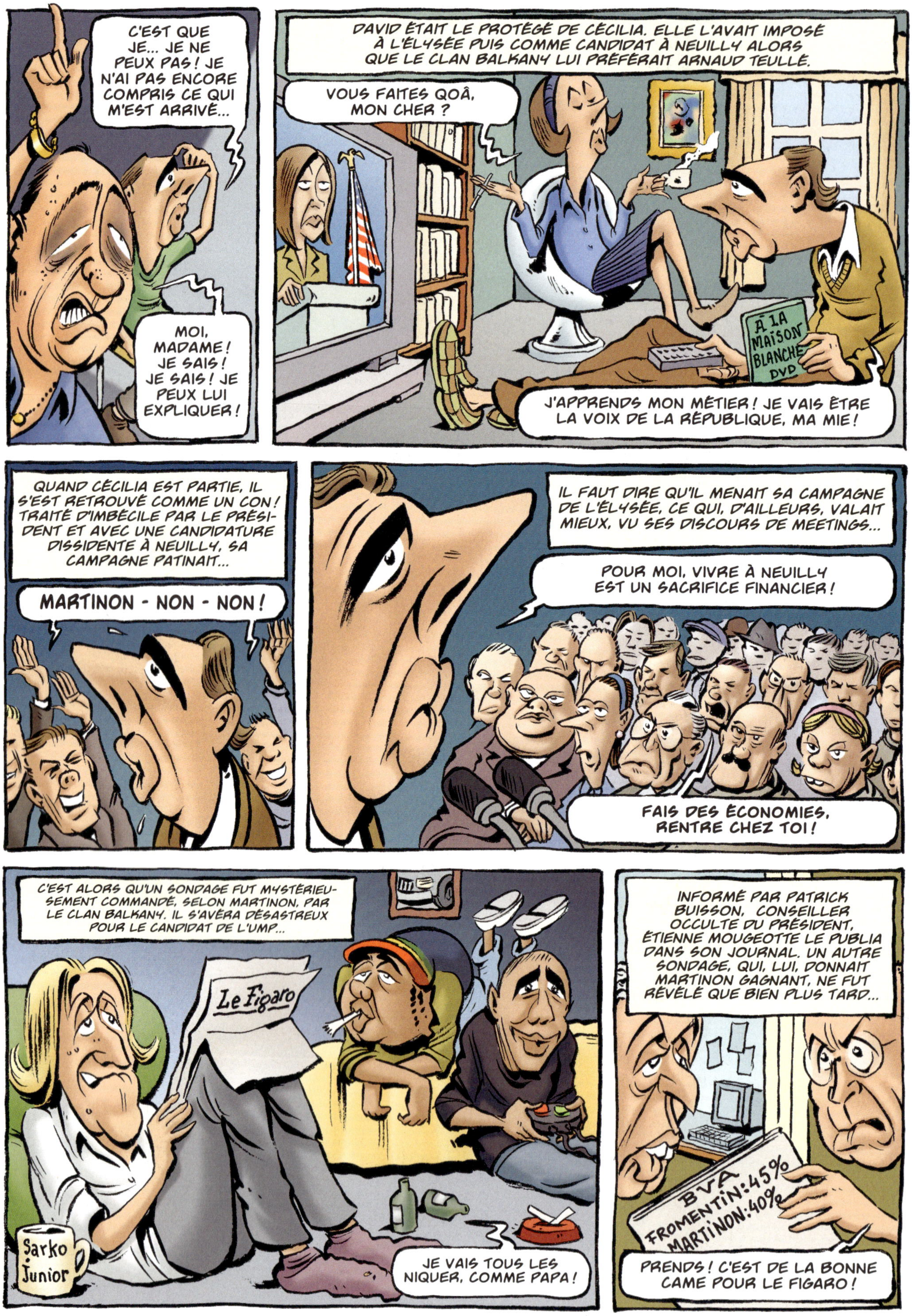

C'EST QUE JE... JE NE PEUX PAS ! JE N'AI PAS ENCORE COMPRIS CE QUI M'EST ARRIVÉ...
MOI, MADAME ! JE SAIS ! JE SAIS ! JE PEUX LUI EXPLIQUER !
DAVID ÉTAIT LE PROTÉGÉ DE CÉCILIA. ELLE L'AVAIT IMPOSÉ À L'ÉLYSÉE PUIS COMME CANDIDAT À NEUILLY ALORS QUE LE CLAN BALKANY LUI PRÉFÉRAIT ARNAUD TEULLÉ.
VOUS FAITES QOÂ, MON CHER ?
À LA MAISON BLANCHE DVD
J'APPRENDS MON MÉTIER ! JE VAIS ÊTRE LA VOIX DE LA RÉPUBLIQUE, MA MIE !
QUAND CÉCILIA EST PARTIE, IL S'EST RETROUVÉ COMME UN CON ! TRAITÉ D'IMBÉCILE PAR LE PRÉSIDENT ET AVEC UNE CANDIDATURE DISSIDENTE À NEUILLY, SA CAMPAGNE PATINAIT...
MARTINON - NON - NON !
IL FAUT DIRE QU'IL MENAIT SA CAMPAGNE DE L'ÉLYSÉE, CE QUI, D'AILLEURS, VALAIT MIEUX, VU SES DISCOURS DE MEETINGS...
POUR MOI, VIVRE À NEUILLY EST UN SACRIFICE FINANCIER !
FAIS DES ÉCONOMIES, RENTRE CHEZ TOI !
C'EST ALORS QU'UN SONDAGE FUT MYSTÉRIEUSEMENT COMMANDÉ, SELON MARTINON, PAR LE CLAN BALKANY. IL S'AVÉRA DÉSASTREUX POUR LE CANDIDAT DE L'UMP...
Le Figaro
Sarko Junior
JE VAIS TOUS LES NIQUER, COMME PAPA !
INFORMÉ PAR PATRICK BUISSON, CONSEILLER OCCULTE DU PRÉSIDENT, ÉTIENNE MOUGEOTTE LE PUBLIA DANS SON JOURNAL. UN AUTRE SONDAGE, QUI, LUI, DONNAIT MARTINON GAGNANT, NE FUT RÉVÉLÉ QUE BIEN PLUS TARD...
BVA
FROMENTIN : 45 %
MARTINON : 40 %
PRENDS ! C'EST DE LA BONNE CAME POUR LE FIGARO !

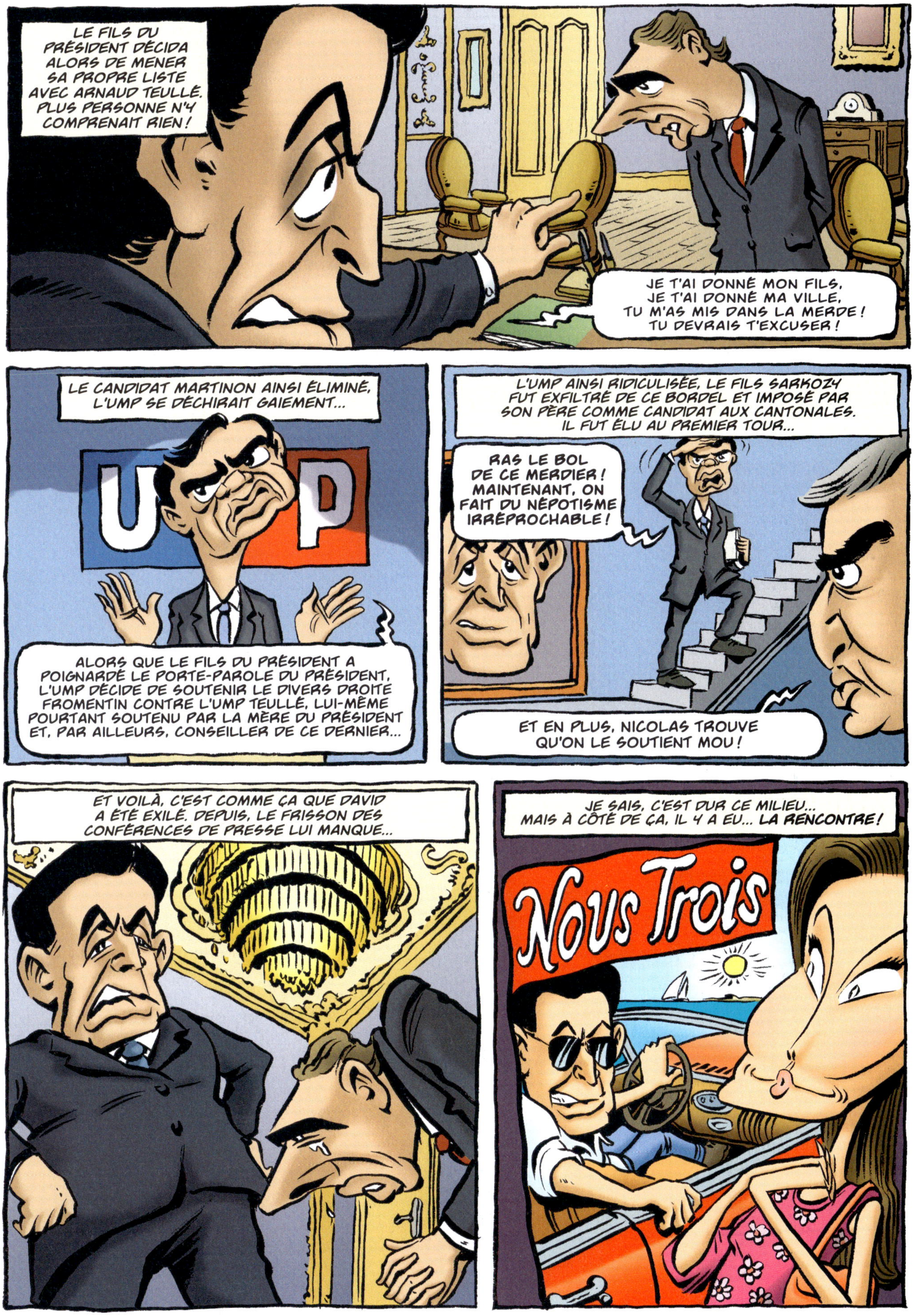
LE FILS DU PRÉSIDENT DÉCIDA ALORS DE MENER SA PROPRE LISTE AVEC ARNAUD TEULLÉ. PLUS PERSONNE N'Y COMPRENAIT RIEN !
JE T'AI DONNÉ MON FILS, JE T'AI DONNÉ MA VILLE, TU M'AS MIS DANS LA MERDE ! TU DEVRAIS T'EXCUSER !
LE CANDIDAT MARTINON AINSI ÉLIMINÉ, L'UMP SE DÉCHIRAIT GAIEMENT...
U P
ALORS QUE LE FILS DU PRÉSIDENT A POIGNARDÉ LE PORTE-PAROLE DU PRÉSIDENT, L'UMP DÉCIDE DE SOUTENIR LE DIVERS DROITE FROMENTIN CONTRE L'UMP TEULLÉ, LUI-MÊME POURTANT SOUTENU PAR LA MÈRE DU PRÉSIDENT ET, PAR AILLEURS, CONSEILLER DE CE DERNIER...
L'UMP AINSI RIDICULISÉE, LE FILS SARKOZY FUT EXFILTRÉ DE CE BORDEL ET IMPOSÉ PAR SON PÈRE COMME CANDIDAT AUX CANTONALES. IL FUT ÉLU AU PREMIER TOUR...
RAS LE BOL DE CE MERDIER ! MAINTENANT, ON FAIT DU NÉPOTISME IRRÉPROCHABLE !
ET EN PLUS, NICOLAS TROUVE QU'ON LE SOUTIENT MOU !
ET VOILÀ, C'EST COMME ÇA QUE DAVID A ÉTÉ EXILÉ. DEPUIS, LE FRISSON DES CONFÉRENCES DE PRESSE LUI MANQUE...
JE SAIS, C'EST DUR CE MILIEU... MAIS À CÔTÉ DE ÇA, IL Y A EU... LA RENCONTRE !
Nous Trois

* RÉSIDENCE PRÉSIDENTIELLE À VERSAILLES.

ENSUITE, IL Y EUT L'ANNIVERSAIRE SURPRISE PRÉPARÉ POUR LES 53 ANS DE NICOLAS...
HAPPY BIRTHDAY MISTER PRESIDENT !
ET, LE 2 FÉVRIER 2008, LE CONTE DE FÉES SE CONCRÉTISA PAR UN MARIAGE. NICOLAS BAZIRE ET MATHILDE AGOSTINELLI, RESPONSABLE DE LA COMMUNICATION DE PRADA, EN ÉTAIENT LES TÉMOINS. QUELQUES SEMAINES AUPARAVANT, CELLE-CI ÉTAIT ENCORE UNE PROCHE AMIE DE CÉCILIA...
POUR LE MEILLEUR ET POUR LE PIRE...
JE LE JURE !
LE SOIR, UNE SOMPTUEUSE FÊTE FUT ORGANISÉE, ET, EN LEUR DEMEURE DE VERSAILLES, COMME AVANT EUX LES ROIS ET REINES, ILS VÉCURENT HEUREUX ET EURENT... EUH, NON... ÇA S'ARRÊTE LÀ...
ÉLYSÉE
C'EST BEAU, VOUS NE TROUVEZ PAS, DOCTEUR ?
cavada
OUAIS, BEN MOI J'AI PAS VÉCU LE MÊME CONTE DE FÉES ! DÉBAUCHÉ DU MODEM POUR CONQUÉRIR LE 12ÈME ARRONDISSEMENT DE PARIS, JE ME SUIS FAIT RATATINER COMME UNE CRÊPE !
SI AU LIEU DE CE QUARTIER DE POUILLEUX, ON M'AVAIT REFILÉ LE 7ÈME, MOI AUSSI J'AURAIS PU ÊTRE ÉLU ! COMME L'AUTRE AVEC SON AFFICHE DE GOUROU... TU PARLES D'UN EXPLOIT !
7 une nouvelle énergie
Rachida Dati

IL FAUT DIRE QU'AVEC CETTE IDÉE GÉNIALE DE POLITISER LES ÉLECTIONS, CES MUNICIPALES S'ANNONÇAIENT PLUTÔT MAL...
NICOLAS, TU NE DEVRAIS PAS FAIRE DE CES ÉLECTIONS UN ENJEU NATIONAL, C'EST VERY DANGEROUS !
TU TE GOURES, JEAN-PIERRE ! JE SUIS UNE BÊTE DE CAMPAGNE ! MON IMPLICATION EST LE SEUL MOYEN DE CONSERVER LES VILLES ACQUISES EN 2001 ET L'OUVERTURE LOCALE PLOMBERA NOS ADVERSAIRES !
SUR CE POINT, IL N'AVAIT PAS TORT, EN PARTICULIER S'AGISSANT DE BAYROU DONT IL S'ASSURA DE L'ÉCHEC EN DÎNANT AVEC LE MAIRE SOCIALISTE DE PAU, YVES URIETA, QU'IL PARVINT À CONVAINCRE DE REJOINDRE LA MAJORITÉ...
PAU
TU VOIS MON FILS, AVEC UN SOCIALISTE OFFICIEL ET UN AUTRE QUE NOUS SOUTENONS, LE BÉARNAIS N'A AUCUNE CHANCE ! ÉVIDEMMENT, ON SACRIFIE UNE VILLE MAIS POUR NIQUER BAYROU, ÇA LE VAUT BIEN !
OUAH ! T'ES TROP FORT PA' !
POUR LE RESTE ET VU LE RETOURNEMENT DE CONJONCTURE, CE FUT LA CATA ! LA POLITISATION NE PROFITAIT QU'À LA GAUCHE. DU COUP, LE DISCOURS CHANGEA...
C'EST UN SCRUTIN PUREMENT LOCAL ET LE PRÉSIDENT A ÉTÉ ÉLU POUR 5 ANS !
UMP
QUEL MERDIER !
POUR CONJURER LES MAUVAIS SONDAGES, LES MAIRES UMP S'ARRACHAIENT LE SOUTIEN DU POPULAIRE FILLON, BEAUCOUP MOINS CELUI DU PRÉSIDENT...
CLAUDE, T'AS FAIT VÉRIFIER LES TÉLÉPHONES ? JE SUIS SÛR QU'ILS SONT EN DÉRANGEMENT ! AUCUN CANDIDAT NE M'APPELLE POUR RÉCLAMER MA PRÉSENCE !
VOTRE CANDIDAT
ET REGARDE CES AFFICHES ÉLECTORALES, ILS ONT OUBLIÉ LE SIGLE UMP ! QUELS CONS CES IMPRIMEURS !
DU COUP, FILLON ÉVITA UN REMANIEMENT DE SON GOUVERNEMENT, PROJET AUQUEL IL ÉTAIT TRÈS HOSTILE, CRAIGNANT UNE MONTÉE EN PUISSANCE DE XAVIER BERTRAND...
S'IL N'Y A PAS D'ENJEU NATIONAL, IL N'Y A PAS LIEU DE CHANGER DE MINISTRES...
JÉGO ET MORANO, SECRÉTAIRES D'ÉTAT, C'EST DÉJÀ ASSEZ DUR À AVALER !

EN DÉPIT DES DISCOURS RELATIVISANT NOTRE DÉFAITE, NOUS AVIONS TOUS CONSCIENCE DE LA RÉALITÉ ET LE PRÉSIDENT LUI-MÊME LA CONSTATA...
ÉNORME VICTOIRE POUR LA GAUCHE ! SONT BATTUS, DARCOS, YADE, ALBANEL, LAGARDE ET ROBERT GROSSMANN, QUI AVAIT INITIÉ LE PRÉSIDENT À LA POLITIQUE IL Y A 35 ANS...
Municipales 2008
C'EST UNE SACRÉE BRANLÉE !
LA RÉACTION DU PRÉSIDENT FUT IMMÉDIATE... VERROUILLAGE DE L'UMP AVEC BERTRAND ET KOSCIUSKO-MORIZET POUR SURVEILLER DEVEDJIAN...
MAIS LÂCHEZ-MOI !
... RÉORGANISATION DE SON CABINET AVEC L'ÉVICTION DE MARTINON ET BENAMOU, OBLIGATION DE DISCRÉTION POUR GUÉANT ET GUAINO, PROMOTION DE L'EFFICACE CATHERINE PÉGARD ET SURTOUT, RETOUR DE LA FAMEUSE "FIRME", LES SARKO-BOYS ÉCARTÉS PAR CÉCILIA...
LA FIRME BOYS BAND
AVEC FRANCK LOUVRIER FRÉDÉRIC LEFEBVRE PIERRE CHARON ET BRICE HORTEFEUX
IL Y EUT AUSSI UNE NOUVELLE OUVERTURE, PLUS DISCRÈTE, VERS LES CHIRACO-VILLEPINISTES, AFIN DE LES AMADOUER. FALCO, COLONNA, MARITON ET LE MAIRE EN BÉNÉFICIÈRENT. JEAN-LOUIS DEBRÉ, LUI, LA REFUSA...
DIS-MOI JEAN-LOUIS, TU NE T'ENNUIES PAS TROP AU CONSEIL CONSTITUTIONNEL ?
NON, NICOLAS... PAS DU TOUT !
C'EST QU'IL PENSAIT SE DÉBARRASSER DE MOI AVEC UN MINISTÈRE, P'TIT PÉPÈRE !
MAIS SURTOUT, NICOLAS COMPRIT QUE LE PRÉSIDENT BLING-BLING DEVAIT S'EFFACER. IL FALLAIT SE RE-PRÉ-SI-DEN-TIA-LI-SER !
OK, CETTE FOIS J'ABANDONNE LA ROLEX ET LES RAY-BAN MAIS JE GARDE MON BRACELET EN POIL D'ÉLÉPHANT !
POUR COMPENSER, J'INAUGURERAI QUATRE MONUMENTS AUX MORTS ET UN SOUS-MARIN NUCLÉAIRE PAR JOUR !

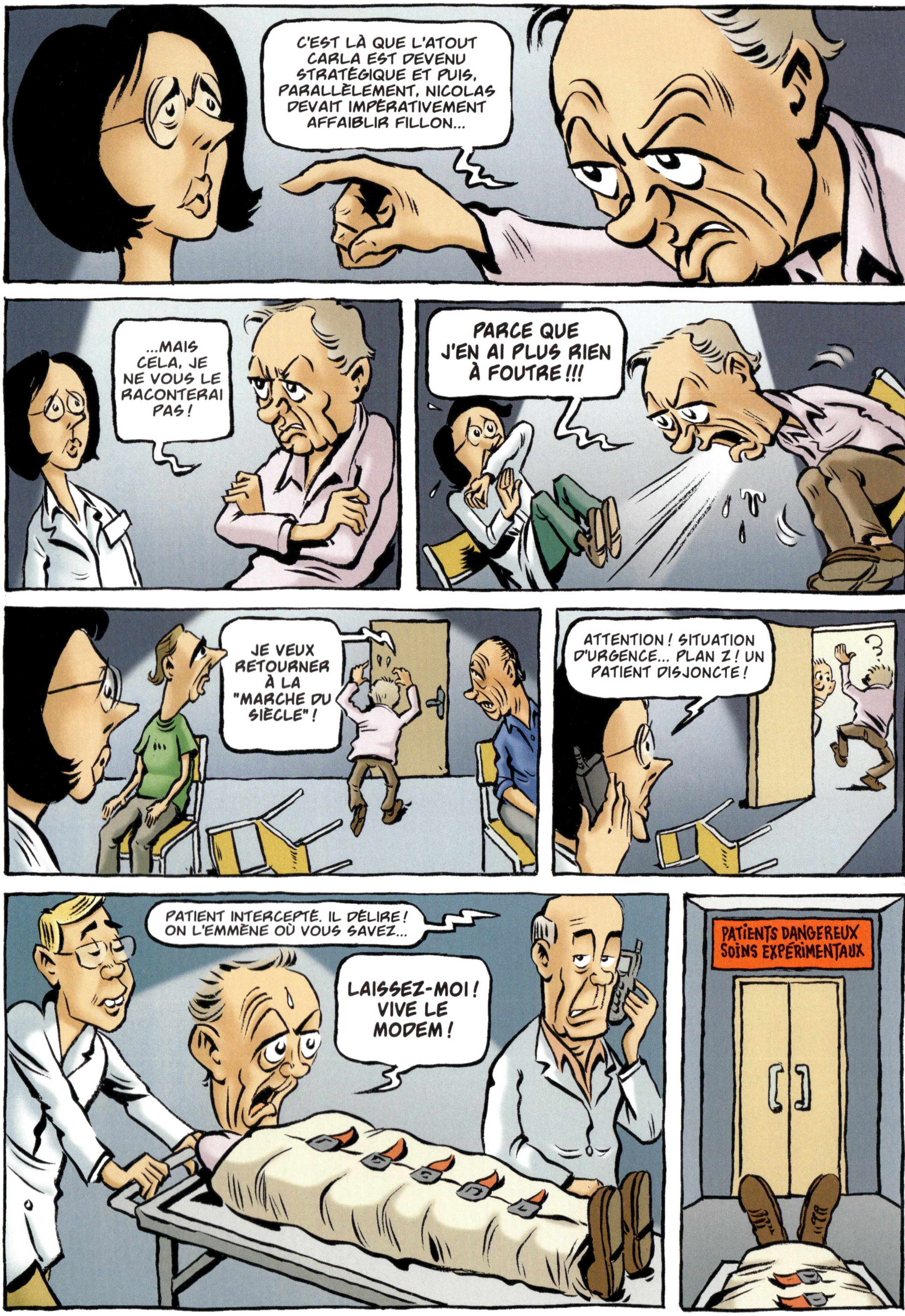
C'EST LÀ QUE L'ATOUT CARLA EST DEVENU STRATÉGIQUE ET PUIS, PARALLÈLEMENT, NICOLAS DEVAIT IMPÉRATIVEMENT AFFAIBLIR FILLON...
...MAIS CELA, JE NE VOUS LE RACONTERAI PAS !
PARCE QUE J'EN AI PLUS RIEN À FOUTRE !!!
JE VEUX RETOURNER À LA "MARCHE DU SIÈCLE" !
ATTENTION ! SITUATION D'URGENCE... PLAN Z ! UN PATIENT DISJONCTE !
PATIENT INTERCEPTÉ. IL DÉLIRE ! ON L'EMMÈNE OÙ VOUS SAVEZ...
LAISSEZ-MOI ! VIVE LE MODEM !
PATIENTS DANGEREUX
SOINS EXPÉRIMENTAUX

?
de la gauche radicale
Démocrate Social
PARTI SOCIALISTE
ET PENDANT CE TEMPS-LÀ, RUE DE SOLFERINO, TOUJOURS EN 2011...
?
la gauche radical
Démocrate Social
PARTI SOCIALISTE
VOUS ÊTES BIEN SÛRS QU'ON NE VOUS A PAS SUIVIS ?
HORTEFEUX A BIEN ESSAYÉ MAIS ON L'A SEMÉ !
BIEN ! ENTREZ VITE !
NOUS DEVONS PRENDRE DES PRÉCAUTIONS MAXIMALES. LA RÉUSSITE DE L'O.C.O. EST À CE PRIX !
PASSÉ CETTE PORTE, VOTRE VIE NE SERA PLUS JAMAIS LA MÊME. VOUS EN AVEZ CONSCIENCE ?
NOUS AVONS BIEN RÉFLÉCHI !
NOUS N'AVONS PLUS LE CHOIX ! ON NE VEUT PAS FINIR COMME MARTINON OU BENAMOU !
NOUS VOULONS REJOINDRE L'O.C.O. !

Opération «Contre-Ouverture»
ENTREZ MESSIEURS...
PRENEZ PLACE, LA NUIT RISQUE D'ÊTRE LONGUE...
Hollande
Delanoë
Moscovici
Aubry
Bartolone
COMME NOUS VOUS L'AVONS INDIQUÉ, AVANT DE REJOINDRE LA CONTRE-OUVERTURE, VOUS DEVREZ VOUS SOUMETTRE À UN DÉBRIEFING APPROFONDI...
NOUS POURRONS AINSI JUGER DE VOS MOTIVATIONS ET, POUR FINIR, NOUS VOTERONS SUR L'ADHÉSION DE CHACUN D'ENTRE VOUS... QUI VEUT COMMENCER ?
C'EST UNE LONGUE HISTOIRE... IL Y A 4 ANS, J'AURAIS DÛ ÊTRE NOMMÉ MINISTRE DE LA JUSTICE ET MAINTENANT JE ME RETROUVE ICI...
C'EST INCOMPRÉHENSIBLE...
RAPPELLE-TOI JEAN-FRANÇOIS, LES CHOSES ONT COMMENCÉ À DÉRAPER APRÈS LES MUNICIPALES. NOUS SOMMES DEVENUS LES DEUX PRINCIPAUX OPPOSANTS À NICOLAS. IL FAUT DIRE QUE C'ÉTAIT UN TEL FOUTOIR...

APRÈS LA BÉRÉZINA DES MUNICIPALES, LES ÉLUS DE L'UMP NE CACHAIENT PLUS LEUR MALAISE...
SARKO NE DONNE PLUS RIEN ! IL JOUE PERSO !
ASSEMBLÉE NATIONALE
SI ! IL DONNE À LA GAUCHE AVEC SON OUVERTURE À LA CON MAIS POUR NOUS, QUE DALLE !
CE N'EST PAS UN BON LEADER, IL NOUS MÈNE À L'ABATTOIR ET NE S'INTÉRESSE QU'À SON PROPRE SORT !
À L'UMP, AU GOUVERNEMENT, À L'ASSEMBLÉE C'ÉTAIT N'IMPORTE QUOI...
GEORGES TRON, DÉPUTÉ UMP, À L'ASSEMBLÉE NATIONALE, LE 15 AVRIL 2008...
LA RUPTURE, C'EST UN SLOGAN ! LA SEULE RUPTURE C'EST CELLE ENTRE LE PRÉSIDENT ET LES DÉPUTÉS UMP !
LIONNEL LUCA, DÉPUTÉ UMP, PRÉSIDENT DU GROUPE D'ÉTUDE SUR LE TIBET...
KOUCHNER EST UN COLLABO !
JE CONNAIS LE PRIX DES ÉTATS D'ÂME DE MONSIEUR DE CHARETTE, C'EST 600.000 € !
LIBÉRATION : "Le Député UMP Hervé de Charette dénonce la présidence brejnévienne de Patrick Devedjian."
LE MONDE : "Selon Nathalie Kosciusko-Morizet, il y aurait un concours de lâcheté et d'inélégance entre Copé et Borloo."
JDD : "Pour Christian ESTROSI, un proche du Président, l'UMP est devenue, sous la direction de Devedjian, une armée mexicaine, un machin snob."
Isabelle BALKANY
J'AI RAPPELÉ À DEVEDJIAN QUE MAO ÉTAIT MORT ET QU'ON N'ÉTAIT PAS AU COMITÉ CENTRAL DU PARTI COMMUNISTE. CE N'EST PAS UN MENEUR...

AH, LES BALKANY... TU TE RAPPELLES LE SURNOM QUE TU LEUR DONNAIS, DANS LES ANNÉES 80, PATRICK ?
LES VOLEURS !... DE TOUTE FAÇON J'AVAIS LA HAINE ! NICOLAS M'AVAIT PROMIS LE MINISTÈRE DE LA JUSTICE DEPUIS TANT D'ANNÉES !
AVEC GUÉANT, J'AVAIS MÊME PRÉPARÉ MON CABINET ET CONTACTÉ MES FUTURS COLLABORATEURS ! TOUT ÉTAIT PRÊT ! JUSQU'À CE QUE... CE QUE...
... CETTE INCAPABLE ME PIQUE LE POSTE ! ET TOUT ÇA PARCE QUE NICOLAS VOULAIT FAIRE PLAISIR À CÉCILIA ! 30 ANS D'AMITIÉ ET DE FIDÉLITÉ AU PANIER !
DU COUP, DÈS QUE JE POUVAIS L'EMMERDER CELLE-LÀ, J'HÉSITAIS PAS...
S'AGISSANT DU MARIAGE ANNULÉ PARCE QUE LA PROMISE N'ÉTAIT PAS VIERGE ET CONTRAIREMENT À MADAME DATI, JE DÉNONCE L'INTRODUCTION DU PRINCIPE DE RÉPUDIATION DANS NOTRE DROIT !
ENTRE MARS ET JUIN 2008, LA CACOPHONIE ATTEINT DES RECORDS DANS LES RANGS DE LA MAJORITÉ, TRANSFORMÉE EN BATEAU IVRE...
S'AGISSANT DE LA SUPPRESSION DE LA CARTE FAMILLE NOMBREUSE DE LA SNCF BIEN QU'ANNONCÉE PAR LE PRÉSIDENT, DÉMENTIE PAR JEAN-LOUIS BORLOO MAIS CONFIRMÉE PAR SON SECRÉTAIRE D'ÉTAT EN OPPOSITION AVEC LE PRÉSIDENT DE L'ASSEMBLÉE, CETTE RÉFORME AURA LIEU, PAS LIEU...

ET POUR LA BAISSE DES ALLOCATIONS FAMILIALES ANNONCÉE PAR LE PREMIER MINISTRE, DÉMENTIE PAR NADINE MORANO AVANT QU'ELLE NE LA CONFIRME, EN OPPOSITION AVEC L'UMP, CETTE MESURE SERA APPLIQUÉE OU PAS...
LES EFFECTIFS DE L'UMP DÉCLINAIENT. CLAUDE GOASGUEN QUALIFIAIT LES CONSEILLERS DU PRÉSIDENT DE " CONNARDS DE L'ELYSÉE " ET ALLIOT-MARIE ASSISTAIT AU SPECTACLE DE NICOLAS CANTELOUP PLUTÔT QU'À LA PRESTATION DU PRÉSIDENT, LE 24 AVRIL 2008...
OUI, C'EST VRAI, J'AI FAIT DES ERREURS...
TOI MON COCO, PROFITE BIEN, TU SERAS BIENTÔT AU CHÔMDU !
MÊME À L'ASSEMBLÉE, LES RATAGES SE MULTIPLIAIENT. L'INFLATION LÉGISLATIVE ÉTAIT TELLE QUE PLUS PERSONNE NE COMPRENAIT L'ACTION GOUVERNEMENTALE...
LA MOTION DU PS EST ADOPTÉE !
OUAH ! ON A FAIT CAPOTER LA LOI SUR LES OGM !
C'EST DINGUE ! TOUS NOS COLLÈGUES UMP SONT À LA BUVETTE !
ÇA VA CHAUFFER POUR COPÉ !
CET ÉPISODE AGAÇA PRODIGIEUSEMENT LE PRÉSIDENT, QUI LE COMMENTA EN CONSEIL DES MINISTRES...
COPÉ, IL EST OBSÉDÉ PAR SA CARRIÈRE ! IL FERAIT MIEUX DE S'OCCUPER DE L'INTENDANCE PARLEMENTAIRE ! AVANT DE SAUTER 2,40 M EN HAUTEUR, IL FAUT SAVOIR PASSER 1,80M !
ALORS QUE L'ELYSÉE CONSIDÉRAIT SA " COPRODUCTION LÉGISLATIVE " COMME UNE BLAGUE POUR LA TÉLÉ ET QUE LE PRÉSIDENT LE QUALIFIAIT DE " MAILLON FAIBLE ", JEAN-FRANÇOIS COPÉ SE PERMETTAIT TOUTES LES AUDACES...
LA RÉFORME DE LA CONSTITUTION NE PASSERA PAS EN L'ÉTAT ! ELLE DOIT ÊTRE MODIFIÉE PAR LE GROUPE !
GROUPE UMP
BRAVO ! COPÉ EST VRAIMENT NOTRE DERNIER REMPART CONTRE SARKO !

NICOLAS ENGUEULA JEAN-FRANÇOIS MAIS NE POUVAIT S'EN DÉBARRASSER SANS RISQUER UNE SÉRIEUSE FRONDE DES DÉPUTÉS. DE MÊME, IL NE POUVAIT REMPLACER FILLON, BIEN TROP POPULAIRE...
NOBODY FAIT 22 % DE PLUS QUE MOI DANS LES SONDAGES ! C'EST UNE INSULTE À MA PERSONNE !
IL FAUT EXIGER QU'IL SE MOUILLE DAVANTAGE !
IL FAUT COMMUNIQUER SUR VOTRE COURAGE À RISQUER L'IMPOPULARITÉ POUR LE BIEN DU PAYS ET FAIRE FUITER DES ATTAQUES CONTRE FILLON...
Thierry SAUSSEZ SPIN DOCTOR HAS BEEN
ET C'EST AINSI QUE...
Le Canard enchaîné :
"SARKOZY : Le Premier Ministre n'est pas assez courageux, c'est moi qui ai dû tout faire, c'est moi qui ai pris tous les coups et éteint tous les incendies. Il n'a pas compris qu'il faut mettre de l'énergie à agir et non à durer."
ET, FIN AVRIL, FILLON COMMENÇA À BAISSER DANS LES SONDAGES...
ENFIN ! CETTE IDÉE QUE FILLON ÉTAIT LE SAUVEUR DE LA DROITE N'AVAIT PAS DE SENS !
Jagger
Fillon
-8%
TU ES MA CAME, PLUS MORTEL QUE L'HÉROÏNE AFGHANE, PLUS DANGEREUSE QUE LA BLANCHE COLOMBIENNE...
ALORS QUE LE VRAI PREMIER MINISTRE ÉTAIT SANS CONTESTE CLAUDE GUÉANT, AUCUNE HUMILIATION N'ÉTAIT ÉPARGNÉE À FRANÇOIS FILLON QUI SE RETROUVAIT DE PLUS EN PLUS MARGINALISÉ...
VOUS ÊTES LE GROUPE DES 7, MA GARDE RAPPROCHÉE, C'EST VOUS QUI DEVEZ INTERVENIR DANS LES MÉDIAS... ET TOI XAVIER, IL FAUT TE PRÉPARER...
Bertrand
Darcos
Woerth
Hortefeux
Chatel
Morano
ET SI XAVIER SE PLANTE, J'AI ENCORE GUÉANT EN RÉSERVE !
MAIS FILLON NE FUT PAS LE SEUL À ÊTRE HUMILIÉ PAR LA COMPOSITION DE CE GOUVERNEMENT PARALLÈLE...
Les déchues
Rachida: pas compétente
Rama: Pas solidaire
Fadela: brasse du vent

ET C'EST LÀ QUE VOTRE ALLIANCE S'EST CONSTITUÉE MONSIEUR DEVEDJIAN...
OUI ! JEAN-FRANÇOIS AVAIT DÉCLARÉ SON AMBITION PRÉSIDENTIELLE ET, COMME MOI, IL ÉTAIT EN RUPTURE DE SARKOZYSME...
D'AILLEURS, À NOUS DEUX, ON A RÉUSSI À FAIRE PLIER LE PRÉSIDENT SUR LES 35 HEURES !
OUI ! JE T'AI PUBLIQUEMENT SOUTENU POUR LEUR SUPPRESSION, CONTRE LE PRÉSIDENT ET XAVIER BERTRAND...
DU COUP, IL M'A COLLÉ JUNIOR DANS LES HAUTS-DE-SEINE ET ESTROSI COMME ADJOINT ! J'ÉTAIS PRIS EN ÉTAU PAR LA FAMILLE. JE N'AVAIS PLUS AUCUN AVENIR À L'UMP !
DÉSOLÉE POUR CE RETARD...
DIS, ON NE VA PAS TROP LOIN ? COPÉ ET DEVEDJIAN JE VEUX BIEN, MAIS PRETTY WOMAN AU PS ÇA RISQUE DE COINCER !
JE DOIS VOUS DIRE, MADAME DATI, QUE VOTRE ADHÉSION À L'O.C.O. NOUS ÉTONNE, VOUS QUI ÉTIEZ SI PROCHE DU PRÉSIDENT... POURQUOI L'ABANDONNER ?

POURQUOI ? JE CROIS QUE VOUS N'AVEZ PAS IDÉE DE CE QU'EST DEVENU L'ÉLYSÉE DEPUIS QUE MARIE-ANTOINETTE EST ARRIVÉE !
L'ITALIENNE A RETOURNÉ MON NICOLAS ! ELLE M'HUMILIAIT EN PERMANENCE ET JE ME SUIS RETROUVÉE SUR LA TOUCHE...
TU AURAIS BIEN AIMÉ L'OCCUPER, N'EST-CE PAS ?
ELLE ME FAISAIT PAYER MON ANCIENNE PROXIMITÉ AVEC CÉCILIA. POURTANT, POUR NE PAS DÉPLAIRE À NICOLAS, JE N'AVAIS MÊME PAS ASSISTÉ AU MARIAGE DE CELLE QUI M'APPELAIT "MA SŒUR"...
ET ARRÊTE DE L'APPELER À L'AUBE ! IL DOIT SE REPOSER !
NICOLAS ÉTAIT TELLEMENT FOU D'ELLE... IL EN PARLAIT COMME UN ADOLESCENT...
ELLE EST BELLE ET EN PLUS ELLE EN A DANS LA TÊTE. ÇA ME CHANGE !
VOUS VOYEZ CETTE MONTRE OFFERTE PAR CARLA ? VOUS LA TROUVEZ DISCRÈTE ? EH BIEN ELLE COÛTE 4 FOIS PLUS CHER QUE CELLE QUE J'AVAIS AVANT
LE LENDEMAIN DE SON MARIAGE, IL LA PRÉSENTA D'AILLEURS À SES COLLABORATEURS DE MANIÈRE PLUTÔT SINGULIÈRE...
JE VOUS PRÉSENTE LA 1ÈRE DAME DE FRANCE !
ELLE EST PAS BELLE MA FEMME ?

EN FAIT, CARLA ÉTAIT UN REDOUTABLE PERSONNAGE AUX FACETTES MULTIPLES... ÉLÉGANTE ET DISTINGUÉE...
...PARFOIS PROVOCATRICE ET NON-CONFORMISTE...
FUME MON AMOUR... À L'ÉLYSÉE, C'EST TROP COOL !
RÉPRESSION DES CONSOMMATEURS DE DROGUE
...TOUJOURS SÉDUCTRICE, SURTOUT AVEC L'ARISTOCRATIE DE LA GAUCHE DONT L'ESTIME LUI ÉTAIT QUASI VITALE ET QU'ELLE SE DONNAIT BEAUCOUP DE MAL À SÉDUIRE...
JE SUIS ÉPIDERMIQUEMENT DE GAUCHE !
TU SAIS, LE PRÉSIDENT TROUVE QUE TU ES UN GRAND ARTISTE... JE VAIS T'ORGANISER UN DÎNER À L'ÉLYSÉE...
... EXTRÊMEMENT SOUCIEUSE DE SON IMAGE, COMME L'ÉLYSÉE L'Y ENCOURAGEAIT D'AILLEURS...
le Parisien
"Carla BRUNI devient une héroïne de livres. Qui est-elle vraiment ? Après lecture de cet ouvrage, la réponse tient en un mot : **Une garce.**"
CHARRON
VOUS AVEZ INTÉRÊT À PUBLIER UN COMMUNIQUÉ D'EXCUSE !
RÉDAC' CHEF
LA VIDÉO DE CARLA SUR NOTRE SITE RISQUE DE NOUS ATTIRER DES ENNUIS !

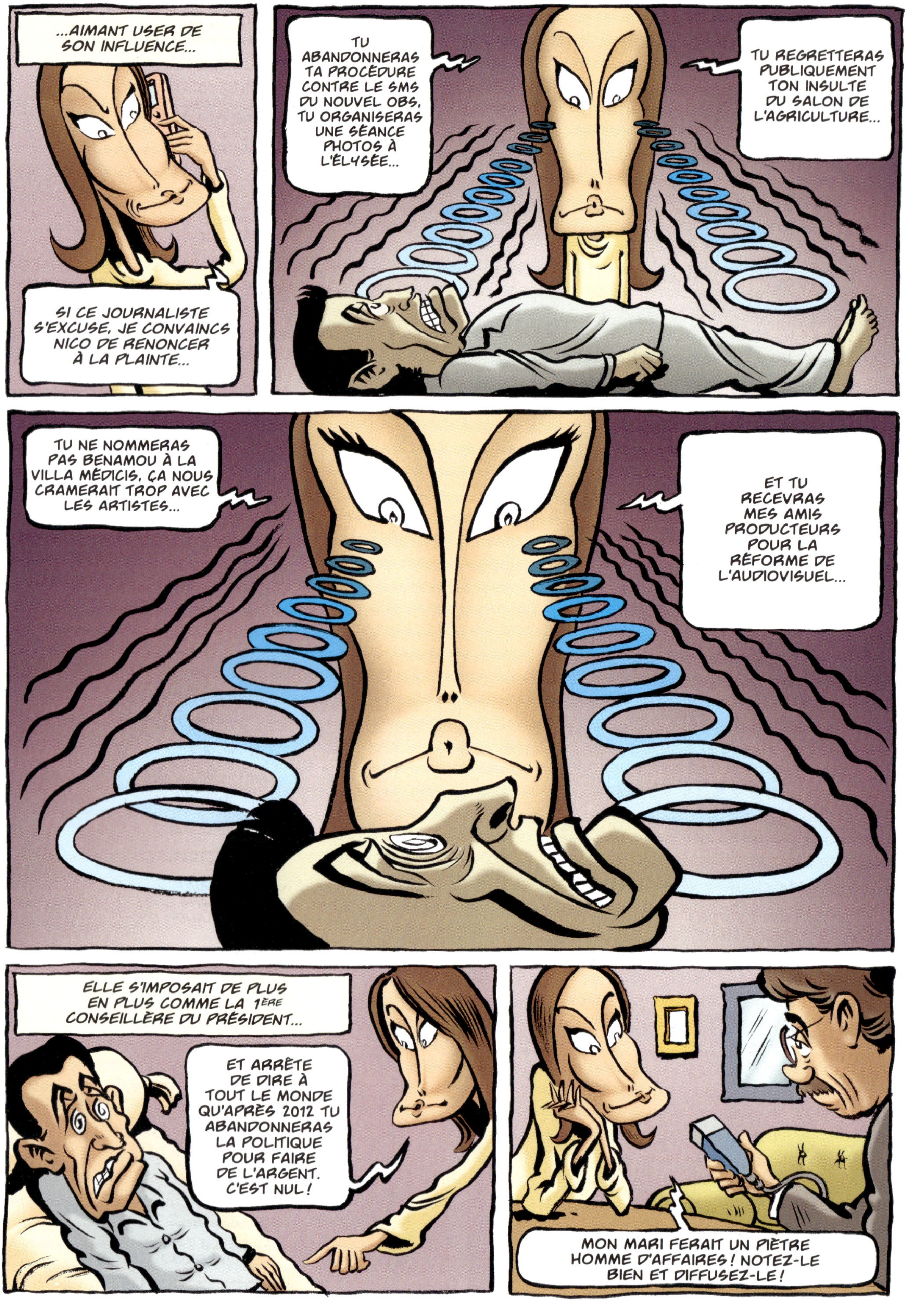
...AIMANT USER DE SON INFLUENCE...
SI CE JOURNALISTE S'EXCUSE, JE CONVAINCS NICO DE RENONCER À LA PLAINTE...
TU ABANDONNERAS TA PROCÉDURE CONTRE LE SMS DU NOUVEL OBS, TU ORGANISERAS UNE SÉANCE PHOTOS À L'ÉLYSÉE...
TU REGRETTERAS PUBLIQUEMENT TON INSULTE DU SALON DE L'AGRICULTURE...
TU NE NOMMERAS PAS BENAMOU À LA VILLA MÉDICIS, ÇA NOUS CRAMERAIT TROP AVEC LES ARTISTES...
ET TU RECEVRAS MES AMIS PRODUCTEURS POUR LA RÉFORME DE L'AUDIOVISUEL...
ELLE S'IMPOSAIT DE PLUS EN PLUS COMME LA 1ÈRE CONSEILLÈRE DU PRÉSIDENT...
ET ARRÊTE DE DIRE À TOUT LE MONDE QU'APRÈS 2012 TU ABANDONNERAS LA POLITIQUE POUR FAIRE DE L'ARGENT. C'EST NUL !
MON MARI FERAIT UN PIÈTRE HOMME D'AFFAIRES ! NOTEZ-LE BIEN ET DIFFUSEZ-LE !

DU COUP, DANS LES COULOIRS DE L'ÉLYSÉE, ON COMMENÇAIT À APPELER LE PRÉSIDENT "CARLITO"...
ET ARRÊTE AUSSI DE TAPER SUR LA PRESSE DE GAUCHE ! ÇA SERT À RIEN !
CARLA NE CESSAIT D'AILLEURS DE DÉJEUNER AVEC DES JOURNALISTES DE GAUCHE...
LE CANARD C'EST MON JOURNAL PRÉFÉRÉ ET LA CHRONIQUE SUR MOI ME FAIT HURLER DE RIRE !
Le Canard enchaîné
Le journal de Carla B.
IL FALLAIT FAÇONNER L'IMAGE D'UNE FEMME SEREINE APAISANT LE PRÉSIDENT ET REPRÉSENTANT AVANTAGEUSEMENT LA FRANCE... CE PLAN MÉDIA FONCTIONNA À MERVEILLE...
VSD
18 MARS
ELLE VA CHANGER LE PRÉSIDENT
L'EXPRESS
28 février
« JE FERAI DE MON MIEUX »
LE FIGARO magazine
29 MARS
LA DISCRÈTE
Le Journal du Dimanche
8 juin
L'EFFET CARLA
Le Point
LA PRÉSIDENTE
PIERRE CHARON, LE FIDÈLE CONSEILLER EN COMMUNICATION DU PRÉSIDENT, DIRIGEAIT DE MAIN DE MAÎTRE CETTE OPÉRATION PAR AILLEURS SURVEILLÉE DE PRÈS PAR NICOLAS...
DIS GRAND-MÈRE, POURQUOI TU AS DE SI GRANDES OREILLES ?
C'EST POUR MIEUX ENTENDRE TOUT CE QUE TU DIS MON ENFANT...
PAR L'INTERMÉDIAIRE DE NICOLAS, CARLA ENTRAIT DANS L'HISTOIRE ET FRÉQUENTAIT LES GRANDS DE CE MONDE...
CARLA ! CARLA ! RESTE EN AFRIQUE DU SUD !
CARLA, MARIE-TOI AVEC MANDELA !
C'EST QUI LE TYPE EN COSTUME CROISÉ QUI L'ACCOMPAGNE PARTOUT ?

...PAR L'INTERMÉDIAIRE DE LA RICHISSIME ET BELLE CARLA, NICOLAS GAGNAIT L'IMAGE D'UN SÉDUCTEUR PLANÉTAIRE.
TOUS LES AUTRES CHEFS D'ÉTAT M'ENVIENT AVEC LEUR BOUDIN !
QU'EST-CE QU'ON SE MARRE QUAND MÊME !
EUH... MONSIEUR LE PRÉSIDENT, J'AI ATTEINT MON QUOTA DE 25.000 ÉMIGRÉS EXPULSÉS...
LE COUPLE ÉTAIT SI FUSIONNEL QUE NICOLAS, ENTRE DEUX DÉCLARATIONS FRACASSANTES, S'OCCUPAIT MÊME DE LA CARRIÈRE DE SON ÉPOUSE...
MICHEL, TU VAS INVITER CARLA À VIVEMENT DIMANCHE ! ÇA LUI FERA GAGNER À DROITE LE PUBLIC PERDU À GAUCHE !
EUH... MONSIEUR LE PRÉSIDENT, IL Y A UN MALAISE DANS L'ARMÉE. ILS ONT COMPRIS QUE VOUS LES PRENIEZ POUR DES CONS D'AMATEURS !
QUOI ? "ON PEUT AIMER CARLA SANS AIMER SON MARI"... ET VOUS TROUVEZ QUE C'EST UNE BONNE IDÉE DE PROMO POUR SON DISQUE ? C'EST DE LA MERDE ! CHANGEZ-MOI CE SLOGAN !
POUR LA DATE DE SORTIE, CE SERA LE 11 JUILLET. JUSTE AVANT LE SOMMET DE LA MÉDITERRANÉE, C'EST TOP !
EUH... MONSIEUR LE PRÉSIDENT, LES PRISONS EXPLOSENT ET ON AMNISTIE TOUJOURS PAS CETTE ANNÉE ?
ET VOUS ACCORDEREZ UNE EXCLU AU FIGARO POUR ÉCOUTER LE DISQUE !
EUH... MONSIEUR LE PRÉSIDENT, 21 MILLIONS DE FRANÇAIS N'ONT PAS DE QUOI PARTIR EN VACANCES CET ÉTÉ...

ÇA DEVENAIT INFERNAL... LE PRÉSIDENT PASSAIT DE PLUS EN PLUS DE TEMPS DANS L'HÔTEL PARTICULIER DE CARLA ET DE MOINS EN MOINS À L'ÉLYSÉE...
EN FAIT, LES 35 HEURES, C'EST PAS SI MAL ! DE TOUTE FAÇON, JE NE ME REPRÉSENTERAI PAS ! EN 2012, JE FERAI DU POGNON !
C'EST TROP COOL MAIS JE T'AI DÉJÀ DIT, FAUT PAS LE DIRE !
AH, JEAN MON FILS, TE PRÉPARES-TU TOUJOURS À RÉGNER SUR CE PEUPLE ?
BIEN SÛR PÈRE, JE ME SUIS FIANCÉ À UN BON PARTI ET J'AI NIQUÉ DEVEDJIAN ! TOUT COMME TOI !
BIEN ! D'ICI PEU, J'AURAI MIS AU PAS FRANCE TÉLÉVISIONS ET L'AFP. QUANT À TF1, C'EST TOUS MES POTES ! ILS TE SOUTIENDRONT POUR REPRENDRE LE FLAMBEAU !
DIRE QUE CE SCÉLÉRAT COMTE DE CAROLIS A OSÉ TE QUALIFIER DE STUPIDE !
LE GUEUX !
PAS GRAVE... JE TRIPLERAI LES DÉPENSES DE COM DE L'ÉLYSÉE, TU APPARAÎTRAS DANS UNE BELLE ROBE ET AVEC ÇA, MÊME L'EXPLOSION DU DÉFICIT BUDGÉTAIRE SERA OUBLIÉE !
C'EST DANS CES CONDITIONS QUE LE NOUVEL ALBUM DE CARLA EST SORTI DANS LES BACS. CERTAINS JOURNAUX FURENT CRITIQUES...
LES SALAUDS !
le nouvel Observateur
"Un vague ennui gagne, d'où vient cet irrésistible sentiment de banalité ?"
Télérama
Ce que nous avons entendu n'avait rien d'un chef-d'oeuvre... Un album de variété ordinaire.
CHARLIE HEBDO

MAIS ÉTRANGEMENT, LA PLUPART DES MÉDIAS NE TARISSAIENT PAS D'ÉLOGES SUR CET ALBUM...
PARTENARIAT
INVITATION
INVITATION Libération
INVITATION CANAL+
LE FIGARO magazine
"L'album révèle la maturité d'écriture et d'interprétation d'une chanteuse désormais hors norme. Un disque parfaitement réussi."
VSD
"Carla a gagné en maturité et sérénité, un phrasé limpide des textes."
LA VOIX DU NORD
"Le magnifique album d'une artiste en pleine liberté. On est scotché par la voix... Elle chante parfaitement. On découvre avec bonheur les mélodies subtiles... Des textes d'une extrême finesse et d'une redoutable drôlerie"...
Le Point
"Carla affiche désormais les stigmates de l'écrivain fou, l'humilité en plus. Elle conserve pas moins de 52 cahiers bourrés de chansons qu'on peut aussi bien lire comme des poèmes, des nouvelles ou des aphorismes, ça ressemble à du Cioran."

CE PLAN MÉDIA ÉTAIT TELLEMENT ÉNORME QUE LA PRESSE ÉTRANGÈRE EN RELEVA LE CARACTÈRE SINGULIER...
LE NOUVEL ALBUM DE CARLA EST DÉDIÉ AU SEXE ET À LA DROGUE. CETTE AVANT-PREMIÈRE OFFERTE À UN JOURNAL SARKO-FRIENDLY "LE FIGARO" PEUT ÊTRE VUE COMME UNE MANOEUVRE POLITIQUE.
The Independant
LA CHANTEUSE CONNAÎT SUR LE BOUT DES DOIGTS LA SCIENCE DE L'ORCHESTRATION MÉDIATIQUE ET INTERPRÈTE AVEC MAESTRIA CETTE PARTITION DE L'INTIME EN ÉCHELONNANT LES FUITES AVEC LA PRÉCISION D'UNE IMPLACABLE CAMPAGNE MILITAIRE.
ABC
L'EXCLUSIVITÉ DE L'ÉCOUTE DU NOUVEL ALBUM A ÉTÉ ACCORDÉE À UN QUOTIDIEN QUI APPARTIENT À SERGE DASSAULT, RICHISSIME ENTREPRENEUR ET AMI DU PRÉSIDENT.
Corriere Della Sera
MOI, JE N'EXISTAIS PLUS ! IL M'A ABANDONNÉE SUR LA ROUTE ET À L'UMP J'ÉTAIS MÉPRISÉE DE TOUS... JE VEUX LUI PROUVER QUE JE PEUX RÉUSSIR SANS LUI !
CE TYPE NE RESPECTE RIEN ! PAS MÊME LA CONSTITUTION ÉCRITE PAR MON PÈRE ! HONTE SUR LUI !
DIOR
NON SEULEMENT C'EST LE FOSSOYEUR DE LA VÈME RÉPUBLIQUE MAIS QUAND JE PENSE À SA POLITIQUE ÉTRANGÈRE...
VOUS POUVEZ DÉVELOPPER MONSIEUR DEBRÉ ? VOTRE ANALYSE NOUS INTÉRESSE...
RAPPELEZ-VOUS SES DISCOURS DE CAMPAGNE. NICOLAS N'AVAIT PAS DE MOTS ASSEZ DURS POUR STIGMATISER LA COMPLAISANCE DE SES PRÉDÉCESSEURS POUR LES DICTATURES. LA RUPTURE DEVAIT PASSER PAR LÀ...

AVANT...
SI JE SUIS ÉLU PRÉSIDENT, JE FAVORISERAI LE DÉVELOPPEMENT DES PAYS PAUVRES EN CESSANT D'AIDER LES GOUVERNEMENTS CORROMPUS... JE NE PASSERAI JAMAIS SOUS SILENCE LES ATTEINTES AUX DROITS DE L'HOMME AU NOM DE NOS INTÉRÊTS ÉCONOMIQUES !
APRÈS...
COMMENT ÇA VA MOUAMMAR ? TU PEUX RESTER LE TEMPS QUE TU VEUX À PARIS ! TU ME PRENDRAS BIEN QUELQUES CENTRALES NUCLÉAIRES AUSSI ?
AVANT...
LA TCHÉTCHÉNIE EST UNE HORREUR. JE NE ME TAIRAI PAS DEVANT CES INSULTES AUX DROITS DE L'HOMME !
APRÈS...
VLADIMIR ? JE TE FÉLICITE CHALEUREUSEMENT POUR LA VICTOIRE DE TON PARTI. TU ES UNE PERSONNALITÉ TRÈS INTELLIGENTE ET EXTRÊMEMENT AU COURANT DES AFFAIRES DU MONDE !
AVANT...
EN AMÉRIQUE LATINE, IL EST NÉCESSAIRE D'ÊTRE ATTENTIF AUX DÉRIVES AUTORITAIRES ET POPULISTES, QU'ELLES VIENNENT DE DIRIGEANTS DE GAUCHE OU DE DROITE.
APRÈS...
SALUT HUGO ! COMMENT VA NOÉMIE ? C'EST TROP COOL QUE NOS COPINES SOIENT TOUTES LES DEUX D'ANCIENNES TOP MODELS !

AVANT...
JE DÉFENDRAI LES DROITS DE L'HOMME PARTOUT OÙ ILS SONT MÉCONNUS OU MENACÉS !
APRÈS...
EN TUNISIE, L'ESPACE DES LIBERTÉS PROGRESSE... LA FRANCE N'A PAS DE LEÇON À DONNER ! QUEL PAYS PEUT S'ENORGUEILLIR D'AVOIR AUTANT AVANCÉ EN UN DEMI-SIÈCLE SUR LA VOIE DU PROGRÈS, DE LA TOLÉRANCE ET DE LA RAISON ?
AVANT...
CE N'EST PAS PARCE QUE LA CHINE ET LA RUSSIE SONT DE TRÈS GRANDES PUISSANCES QUE L'ON DOIT S'INTERDIRE DE DÉNONCER LES VIOLATIONS DES DROITS DE L'HOMME !
APRÈS...
PRÉSIDENT HU JINTAO, JE VOUS PRÉSENTE MA MÈRE ET MON FRÈRE. QUANT À RAMA YADE ET KOUCHNER, JE LES AI LAISSÉS AU PANIER, HISTOIRE D'ÊTRE PEINARDS QUAND ON PARLERA CONTRATS !
MAIS SUR LA CHINE, IL Y A EU MIEUX ENCORE. QUI SE RAPPELLE COMMENT NICOLAS S'EST MOQUÉ DE SÉGOLÈNE DURANT LA CAMPAGNE ?
QUE PENSEZ-VOUS DE LA PROPOSITION DE SÉGOLÈNE ROYAL DE BOYCOTTER LES JO DE PÉKIN ?
EUROPE 1
J'AVAIS ENTENDU DES IDÉES CURIEUSES MAIS ALORS CELLE-LÀ !
ET PUIS, LE 25 MARS 2008...
QU'ALLEZ-VOUS FAIRE À PROPOS DES JO ? UN BOYCOTT EST-IL POSSIBLE ?
TOUTES LES OPTIONS SONT OUVERTES. JE NE FERME LA PORTE À AUCUNE ÉVENTUALITÉ SUR CETTE QUESTION !

IL FAUT DIRE QUE SUR LA QUESTION CHINOISE COMME SUR D'AUTRES, ON AVAIT DU MAL À PERCEVOIR LA COHÉRENCE DE LA POLITIQUE FRANÇAISE...
SI VOUS VOULEZ LEUR VENDRE DU NUCLÉAIRE ET DES AIRBUS, IL VAUT MIEUX ÉVITER D'ÉVOQUER LE TIBET ET LES JO...
VISITE À PÉKIN, OCTOBRE 2007...
VOUS ME PRENEZ POUR RAMA YADE OU QUOI ? PAS DE PROBLÈME !
20 MILLIARDS DE MATOS DE FOURGUÉS !
C'ÉTAIT UN BONHEUR DE VOUS RENCONTRER !
AU MOINS, IL ME FOUTRA LA PAIX AVEC LES DROITS DE L'HOMME !
CETTE POLITIQUE NE SUSCITA AUCUN COMMENTAIRE DE BERNARD KOUCHNER...
ON RAPPELLERA LES PROPOS DE BERNARD KOUCHNER IL Y A QUELQUES ANNÉES "AVEC LA CHINE, ON A PRÉFÉRÉ LE COMMERCE AUX DROITS DE L'HOMME... ET SE SOUVIENT-ON QUE LE TIBET EST UN PAYS ENVAHI ET QU'ON Y STÉRILISE LES FEMMES ! JE SUIS EFFARÉ ! "
LEQUEL JE MANGE AUJOURD'HUI ?
ET PUIS, EN MARS 2008, SOUS L'INFLUENCE DE L'OPINION PUBLIQUE, LE DISCOURS CHANGEA...
J'AI DIT AU PRÉSIDENT CHINOIS MA VIVE PRÉOCCUPATION. JE LUI AI DEMANDÉ DE LA RETENUE ET L'OUVERTURE D'UN DIALOGUE. JE GRADUERAI MA RÉPONSE EN FONCTION DE LA SIENNE.
IL NOUS A TRAHIS !
BOYCOTT, MANIFESTATIONS ET PLUS DE CONTRATS !
AVANT DE RECHANGER À NOUVEAU, EN JUILLET 2008, SOUS LA PRESSION CHINOISE...
MONSIEUR LE PRÉSIDENT, POUR FINIR, SEREZ-VOUS À LA CÉRÉMONIE D'OUVERTURE DES JO ?
G8
EUH... OUI, ÉVIDEMMENT, J'IRAI !
AINSI, CONTRAIREMENT À ANGELA MERKEL ET À GORDON BROWN, SARKOZY A CÉDÉ MAIS ÇA N'A ÉVIDEMMENT PAS SUFFIT À CALMER LES CHINOIS, BLESSÉS PAR SON REVIREMENT...
AMBASSADE DE CHINE
UNE ÉVENTUELLE RENCONTRE ENTRE LE DALAÏ-LAMA ET LE PRÉSIDENT SARKOZY NE SERAIT PAS SANS CONSÉQUENCES...

CE QUI, SELON LA TRADUCTION D'UN FONCTIONNAIRE DU QUAI D'ORSAY, VOULAIT DIRE...
VOS AIRBUS, VOUS POUVEZ VOUS LES METTRE AU CUL !
ET QUAND ON PENSE QUE SUR LA TCHÉTCHÉNIE, NICOLAS BLÂMAIT LA REALPOLITIK DE CHIRAC AU NOM DES " 250.000 TCHÉTCHÈNES MORTS OU PERSÉCUTÉS "...
EN TCHÉTCHÉNIE, LA PARTICIPATION AU SCRUTIN A ATTEINT 100 % ET POUTINE A RECUEILLI 99 % DES VOIX
TIENS GLUKS ! À FORCE ON S'Y HABITUE...
ET SARKO A FÉLICITÉ POUTINE COMME SI DE RIEN N'ÉTAIT ! QUELLE HONTE ! J'AI BIEN L'AIR CON DE L'AVOIR SOUTENU !
DISCOURS DE COTONOU en décembre 2006
MAIS, C'EST PEUT ÊTRE SUR L'AFRIQUE QUE LA FAILLITE DES AMBITIONS SARKOZIENNES FUT LA PLUS PATENTE...
LA RELATION FRANCO-AFRICAINE DOIT ÊTRE PLUS TRANSPARENTE. IL NOUS FAUT LA DÉBARRASSER DES RÉSEAUX D'UN AUTRE TEMPS !
C'ÉTAIT UN DISCOURS HISTORIQUE !
QUAND JE SERAI PRÉSIDENT, CE SERA MA LIGNE DE CONDUITE !
JANVIER 2008
JEAN-MARIE BOCKEL, SECRÉTAIRE D'ÉTAT À LA COOPÉRATION, NE MANQUA PAS DE S'INSCRIRE DANS CE CADRE POLITIQUE...
IL FAUT SIGNER L'ACTE DE DÉCÈS DE LA FRANCE-AFRIQUE !

NICOLAS SEMBLA SOUTENIR SON MINISTRE QUI NE FAISAIT QU'APPLIQUER LE PROGRAMME ANNONCÉ...
SUR CE SOL SUD-AFRICAIN, JE REDIS QUE LES RELATIONS DE LA FRANCE ET DE L'AFRIQUE DOIVENT CHANGER. NATURELLEMENT, C'EST JEAN-MARIE BOCKEL QUI EN EST CHARGÉ !
MAIS CETTE NOUVELLE FRANCE-AFRIQUE NE PLAISAIT PAS DU TOUT À OMAR BONGO NI À L'AVOCAT ROBERT BOURGUI, HOMME DE RÉSEAU ET DISCRET SUCCESSEUR DE JACQUES FOCCART...
LE CONGO, LE GABON ET LE CAMEROUN ONT DES RESSOURCES PÉTROLIÈRES ET RÉSISTENT À L'INFLUENCE DES USA...
AUTREMENT DIT, NOUS N'AVONS QU'UN MOT À DIRE ET LES STATES NOUS FERONS UN PONT D'OR !
MOINS D'UN AN APRÈS SON ÉLECTION, NICOLAS RENTRA DANS LE RANG, ABANDONNANT SES GRANDES AMBITIONS ET LÂCHANT SON MINISTRE.
MONSIEUR BOCKEL ? VOUS N'ALLEZ PAS GARDER VOTRE POSTE MAIS ON VOUS PROPOSE LES ANCIENS COMBATTANTS...
NON ! N'ACCEPTE PAS, C'EST HUMILIANT !
MAIS CHÉRIE, SI JE QUITTE LE GOUVERNEMENT, JE N'AURAI PLUS AUCUNE RESSOURCE POUR MON PARTI...
DROITS DE L'HOMME
CYNISME
PRO-ALLEMAND
SOUVERAINISME
ATLANTISME
PRO-ANGLAIS
MERCANTILISME
HUMANITARISME
AU FINAL, PLUS PERSONNE NE COMPRENAIT RIEN À LA POLITIQUE ÉTRANGÈRE DE NICOLAS...

EN REVANCHE, LA VENTE DE CENTRALES NUCLÉAIRES SEMBLAIT ÊTRE DEVENUE SON SECOND MÉTIER...
ALSTHOM
AREVA
AREVA
AREVA
ET CARLA UN ATOUT MAJEUR DANS SES DÉPLACEMENTS...
CARLA AVEC LA REINE D'ANGLETERRE.
CARLA AVEC MANDELA.
CARLA AVEC SHIMON PERES.
ET PUIS, IL Y EUT AUSSI LA DIPLOMATIE HUMANITAIRE, QUI A CONNU UN RÉEL SUCCÈS AVEC LA LIBÉRATION DES INFIRMIÈRES BULGARES...
CÉCILIA CROFT
ÇA TE COÛTERA JUSTE L'ACCUEIL D'UN DICTATEUR...
...ET FUT TOTALEMENT INEFFICACE POUR INGRID BETANCOURT...
MONSIEUR MARULANDA, JE VOUS DEMANDE SOLENNELLEMENT DE RELÂCHER INGRID. NE PORTEZ PAS SUR VOTRE CONSCIENCE LE RISQUE QU'ENTRAÎNERAIT SA DISPARITION...
MAIS BIEN SÛR QU'ON VA LA RELÂCHER JUSTE POUR AVOIR BONNE CONSCIENCE !
IL EST DRÔLE CELUI-LÀ, IL SE CROIT CHEZ LES BISOUNOURS OU QUOI ?
AINSI, LA RÉCEPTION DE CHAVEZ À PARIS N'AURA SERVI À RIEN, INGRID ÉTANT FINALEMENT LIBÉRÉE PAR L'ARMÉE COLOMBIENNE...
CHARON
QUI A UNE IDÉE POUR TIRER LA COUVERTURE À NOUS ?
Salle de la com
IL SUFFIT DE DIRE QUE C'EST NOTRE DÉTERMINATION QUI A INCITÉ LES COLOMBIENS À AGIR !

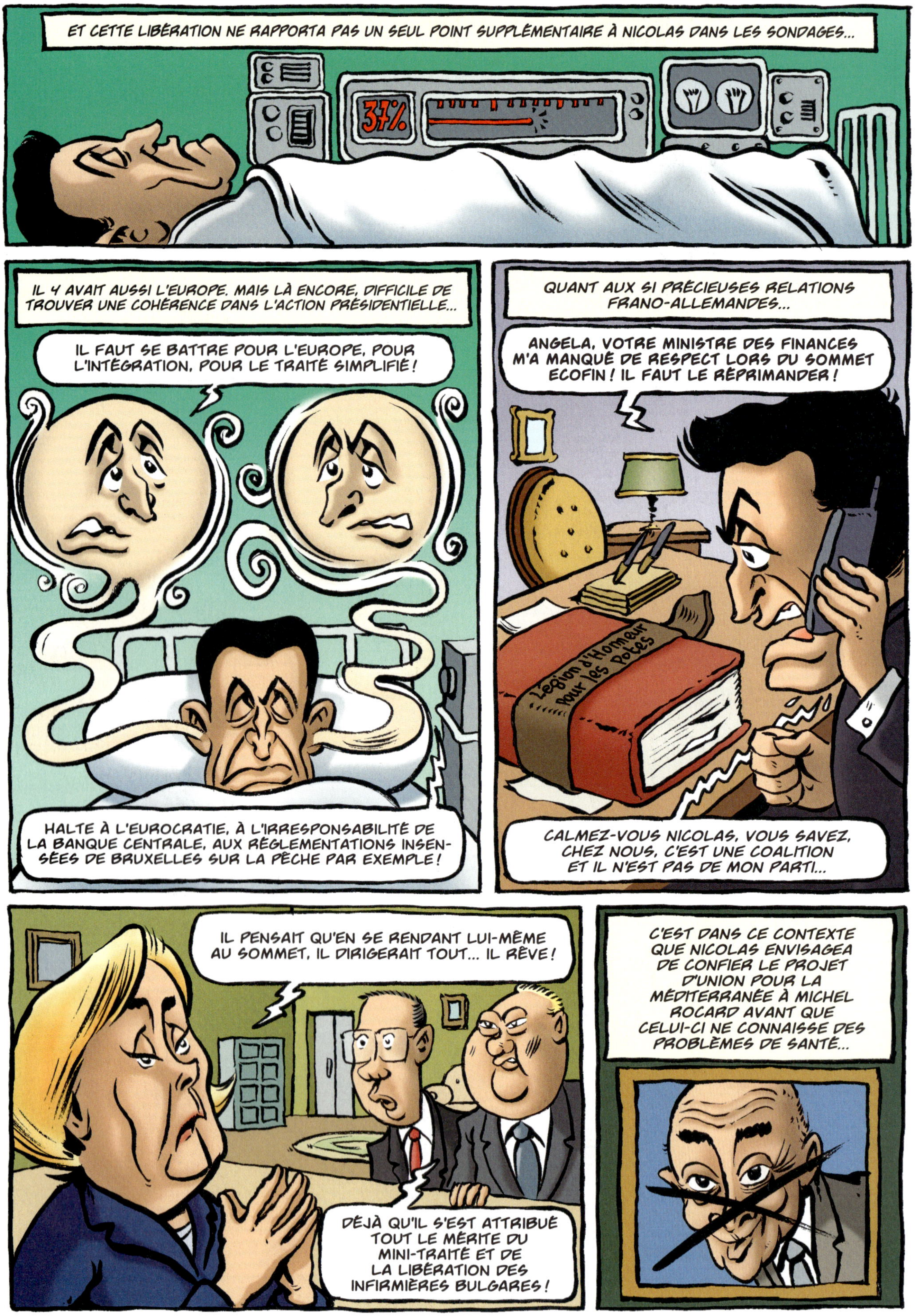
ET CETTE LIBÉRATION NE RAPPORTA PAS UN SEUL POINT SUPPLÉMENTAIRE À NICOLAS DANS LES SONDAGES...
37%
IL Y AVAIT AUSSI L'EUROPE. MAIS LÀ ENCORE, DIFFICILE DE TROUVER UNE COHÉRENCE DANS L'ACTION PRÉSIDENTIELLE...
IL FAUT SE BATTRE POUR L'EUROPE, POUR L'INTÉGRATION, POUR LE TRAITÉ SIMPLIFIÉ !
HALTE À L'EUROCRATIE, À L'IRRESPONSABILITÉ DE LA BANQUE CENTRALE, AUX RÉGLEMENTATIONS INSENSÉES DE BRUXELLES SUR LA PÊCHE PAR EXEMPLE !
QUANT AUX SI PRÉCIEUSES RELATIONS FRANO-ALLEMANDES...
ANGELA, VOTRE MINISTRE DES FINANCES M'A MANQUÉ DE RESPECT LORS DU SOMMET ECOFIN ! IL FAUT LE RÉPRIMANDER !
Légion d'Honneur pour les Potes
CALMEZ-VOUS NICOLAS, VOUS SAVEZ, CHEZ NOUS, C'EST UNE COALITION ET IL N'EST PAS DE MON PARTI...
IL PENSAIT QU'EN SE RENDANT LUI-MÊME AU SOMMET, IL DIRIGERAIT TOUT... IL RÊVE !
DÉJÀ QU'IL S'EST ATTRIBUÉ TOUT LE MÉRITE DU MINI-TRAITÉ ET DE LA LIBÉRATION DES INFIRMIÈRES BULGARES !
C'EST DANS CE CONTEXTE QUE NICOLAS ENVISAGEA DE CONFIER LE PROJET D'UNION POUR LA MÉDITERRANÉE À MICHEL ROCARD AVANT QUE CELUI-CI NE CONNAISSE DES PROBLÈMES DE SANTÉ...

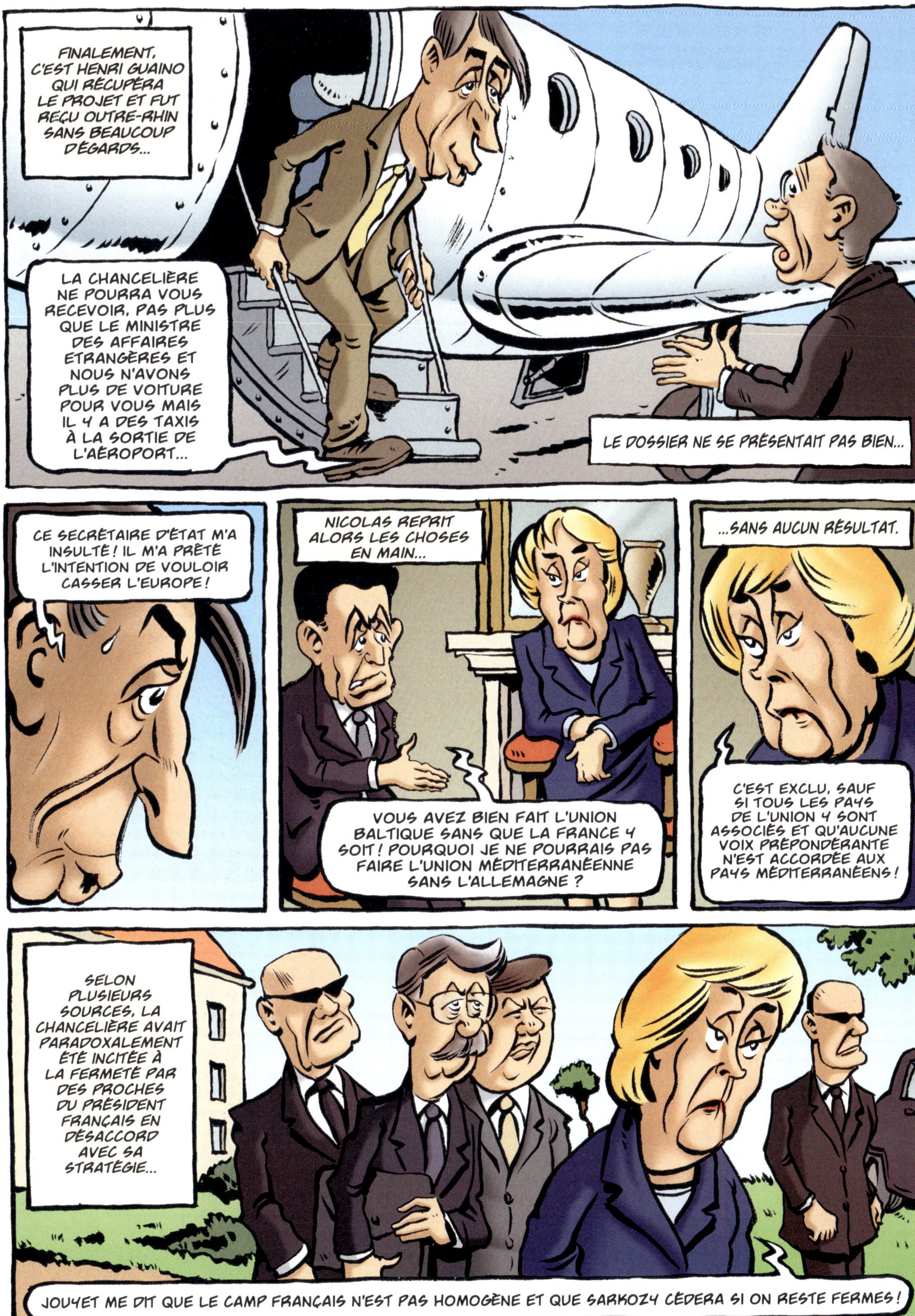
FINALEMENT, C'EST HENRI GUAINO QUI RÉCUPÉRA LE PROJET ET FUT REÇU OUTRE-RHIN SANS BEAUCOUP D'ÉGARDS...
LA CHANCELIÈRE NE POURRA VOUS RECEVOIR, PAS PLUS QUE LE MINISTRE DES AFFAIRES ÉTRANGÈRES ET NOUS N'AVONS PLUS DE VOITURE POUR VOUS MAIS IL Y A DES TAXIS À LA SORTIE DE L'AÉROPORT...
LE DOSSIER NE SE PRÉSENTAIT PAS BIEN...
CE SECRÉTAIRE D'ÉTAT M'A INSULTÉ ! IL M'A PRÊTÉ L'INTENTION DE VOULOIR CASSER L'EUROPE !
NICOLAS REPRIT ALORS LES CHOSES EN MAIN...
VOUS AVEZ BIEN FAIT L'UNION BALTIQUE SANS QUE LA FRANCE Y SOIT ! POURQUOI JE NE POURRAIS PAS FAIRE L'UNION MÉDITERRANÉENNE SANS L'ALLEMAGNE ?
...SANS AUCUN RÉSULTAT.
C'EST EXCLU, SAUF SI TOUS LES PAYS DE L'UNION Y SONT ASSOCIÉS ET QU'AUCUNE VOIX PRÉPONDÉRANTE N'EST ACCORDÉE AUX PAYS MÉDITERRANÉENS !
SELON PLUSIEURS SOURCES, LA CHANCELIÈRE AVAIT PARADOXALEMENT ÉTÉ INCITÉE À LA FERMETÉ PAR DES PROCHES DU PRÉSIDENT FRANÇAIS EN DÉSACCORD AVEC SA STRATÉGIE...
JOUYET ME DIT QUE LE CAMP FRANÇAIS N'EST PAS HOMOGÈNE ET QUE SARKOZY CÉDERA SI ON RESTE FERMES !

ET C'EST AINSI QUE, POUR FINIR, LES 27 PAYS DE L'UNION FURENT INCORPORÉS À L'UNION POUR LA MÉDITERRANÉE...
BERNARD, J'ARRIVE À PARIS. TU POURRAIS ME PRÊTER UNE DES COULEUVRES QUE TU AS L'HABITUDE D'AVALER ?
APRÈS TOUT ÇA, JE NE VEUX PRENDRE AUCUN RISQUE POUR LA PROCHAINE ÉLECTION ! JE VEUX REJOINDRE LE PS !
BIEN... JE CROIS QUE NOUS AVONS SAISI VOS MOTIVATIONS. IL NOUS FAUT MAINTENANT DÉLIBÉRER SUR VOS ADHÉSIONS...
MAIS AVANT, IL NOUS FAUT VOUS POSER UNE DERNIÈRE QUESTION ET ELLE EST ESSENTIELLE...
...VA-T-IL SE REPRÉSENTER ?

# ÉPILOGUE

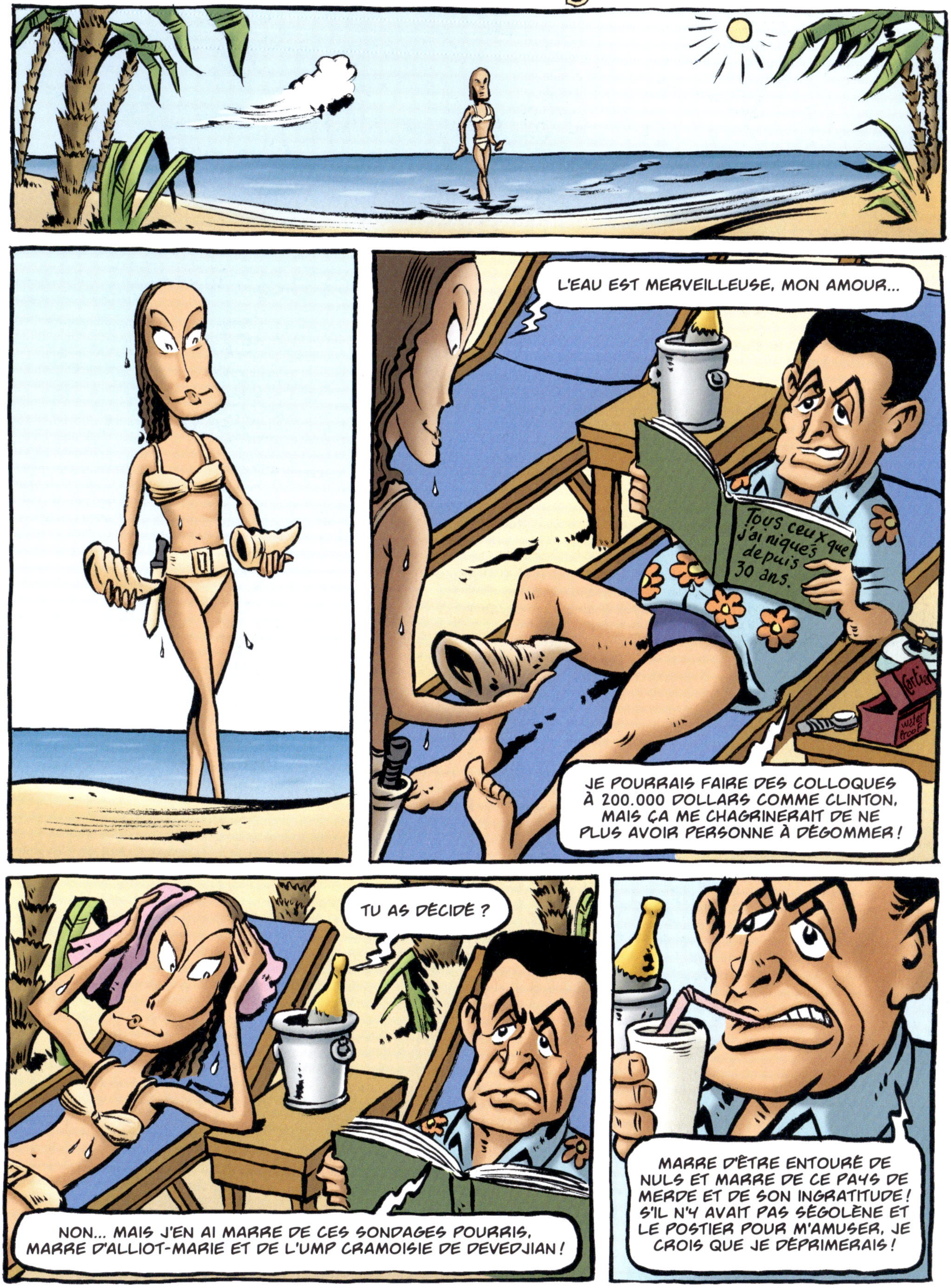
L'EAU EST MERVEILLEUSE, MON AMOUR...
Tous ceux que j'ai niqués depuis 30 ans.
JE POURRAIS FAIRE DES COLLOQUES À 200.000 DOLLARS COMME CLINTON, MAIS ÇA ME CHAGRINERAIT DE NE PLUS AVOIR PERSONNE À DÉGOMMER !
TU AS DÉCIDÉ ?
NON... MAIS J'EN AI MARRE DE CES SONDAGES POURRIS, MARRE D'ALLIOT-MARIE ET DE L'UMP CRAMOISIE DE DEVEDJIAN !
MARRE D'ÊTRE ENTOURÉ DE NULS ET MARRE DE CE PAYS DE MERDE ET DE SON INGRATITUDE ! S'IL N'Y AVAIT PAS SÉGOLÈNE ET LE POSTIER POUR M'AMUSER, JE CROIS QUE JE DÉPRIMERAIS !

ON EN A DÉJÀ PARLÉ, MON PIRATE DE PRÉSIDENT... PENSE AUX VOYAGES, AU POUVOIR, À TA NOTORIÉTÉ MONDIALE, À L'INTENSITÉ DE NOTRE VIE À L'ÉLYSÉE... ÇA TE MANQUERA !
C'EST VRAI... MAIS TU TE RENDS COMPTE DE TOUT CE QUE J'AURAI FAIT EN 5 ANS, CARLITA ?

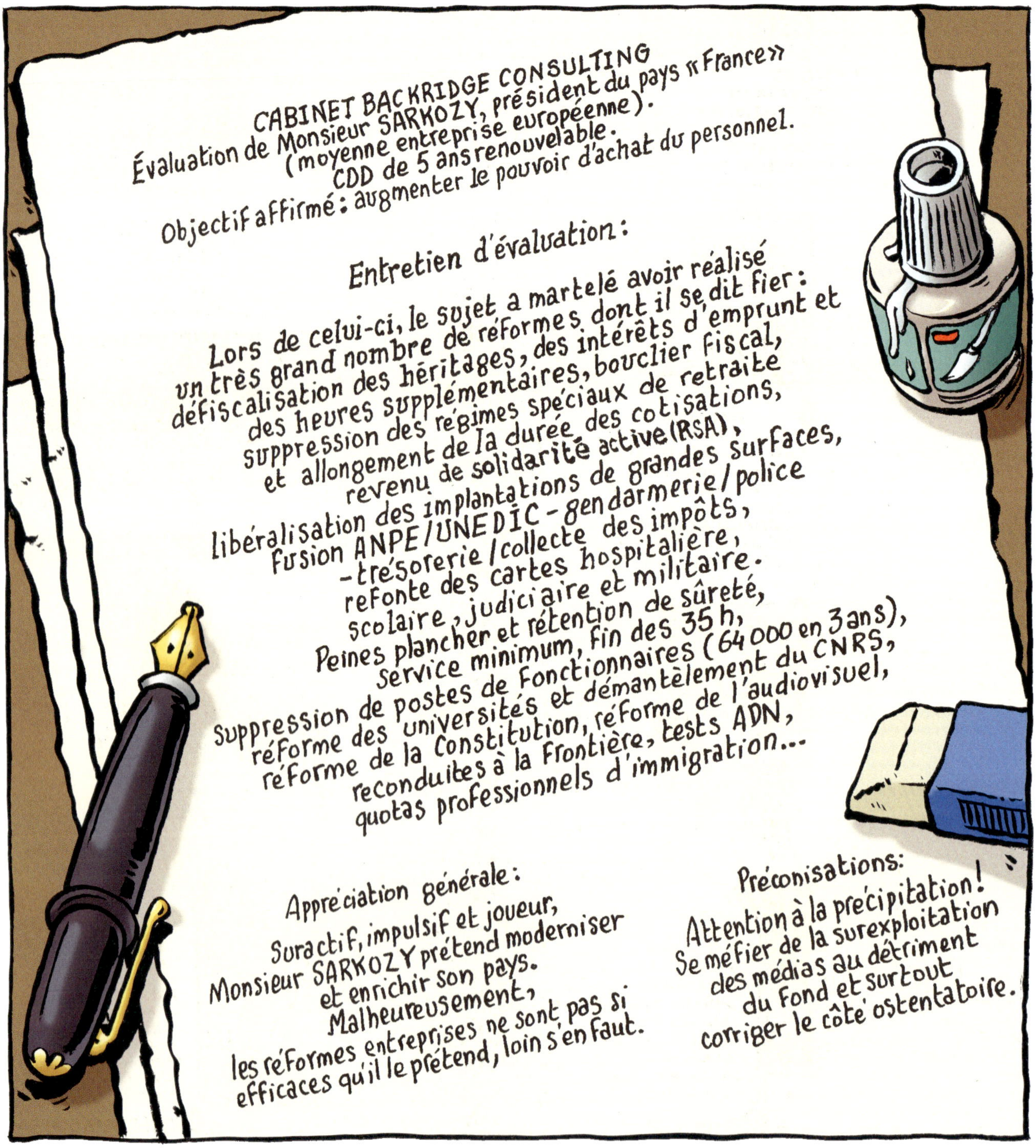
CABINET BACKRIDGE CONSULTING
Évaluation de Monsieur SARKOZY, président du pays « France »
(moyenne entreprise européenne).
CDD de 5 ans renouvelable.
Objectif affirmé : augmenter le pouvoir d'achat du personnel.
Entretien d'évaluation :
Lors de celui-ci, le sujet a martelé avoir réalisé un très grand nombre de réformes dont il se dit fier : défiscalisation des héritages, des intérêts d'emprunt et des heures supplémentaires, bouclier fiscal, suppression des régimes spéciaux de retraite et allongement de la durée des cotisations, revenu de solidarité active (RSA), libéralisation des implantations de grandes surfaces, fusion ANPE/UNEDIC - gendarmerie/police - trésorerie/collecte des impôts, refonte des cartes hospitalière, scolaire, judiciaire et militaire. Peines plancher et rétention de sûreté, service minimum, fin des 35 h, suppression de postes de fonctionnaires (64 000 en 3 ans), réforme des universités et démantèlement du CNRS, réforme de la Constitution, réforme de l'audiovisuel, reconduites à la frontière, tests ADN, quotas professionnels d'immigration...
Appréciation générale :
Suractif, impulsif et joueur, Monsieur SARKOZY prétend moderniser et enrichir son pays. Malheureusement, les réformes entreprises ne sont pas si efficaces qu'il le prétend, loin s'en faut.
Préconisations :
Attention à la précipitation ! Se méfier de la surexploitation des médias au détriment du fond et surtout corriger le côté ostentatoire.

BIEN SÛR, IL Y AVAIT QUELQUES GRINCHEUX OU SIMPLETS...
MON BEAU PRINCE EST TELLEMENT INTELLIGENT ! C'EST COMME S'IL AVAIT 5 OU 6 CERVEAUX REMARQUABLEMENT IRRIGUÉS...
VOUS AVEZ VU TOUS LES NOUVEAUX POUVOIRS QU'IL S'EST ACCORDÉS PAR SON NOUVEL ÉDIT* ? C'EST TROP RIGOLO !
* CONSTITUTION
SIMPLET-RAFFARIN
JOYEUX-MINC
MAIS POURQUOI PERMETTRE D'OUVRIR DE NOUVELLES ÉPICERIES GÉANTES ALORS QUE NOTRE PAYS EST CELUI QUI EN COMPORTE DÉJÀ LE PLUS AU MONDE ?!
ATCHOUM-DEBRÉ
C'EST HONTEUX ! CE PRINCE NE CESSE DE FAVORISER SES AMIS DE LA CORPORATION DES CRIEURS* PRIVÉS CONTRE LES CRIEURS PUBLICS QU'IL PRIVE DE RESSOURCES !
* JOURNALISTES
ATCHOUM... ATCHOUM ! UN JOUR LES HOMMES DE BIEN* QUI L'AIMAIENT LE DÉTESTERONT POUR AVOIR ALOURDI LEUR LABEUR SANS PLUS AUCUN CONTRÔLE DES CORPORATIONS** !
* CADRES
** POSSIBILITÉ DE DÉROGER AUX 35 HEURES PAR UN SIMPLE ACCORD D'ENTREPRISE
GRINCHEUX-BAYROU
PROF-DE VILLEPIN
DORMEUR-HOLLANDE
SELON LE MAGE JOAQUIM ALMUNIA*, LE PAQUET FISCAL POUR PERSONNES AISÉES N'AURA AUCUN IMPACT POSITIF ET, PIRE, COÛTERA 0,3 % DE LA RICHESSE DU ROYAUME !
* COMMISSAIRE EUROPÉEN À L'ÉCONOMIE
ET C'EST ÇA QUE VOTRE PRINCE S'EST INUTILEMENT PRIVÉ DE TOUTE MARGE DE MANŒUVRE ALORS QUE LA CRISE ARRIVE ET QUE LA RÉVOLTE GRONDE !

BON, C'EST VRAI QUE, COMME MES PRÉDÉCESSEURS, J'AI UN PEU NIQUÉ LES FRANÇAIS SUR LEURS IMPÔTS...
Libération
" D'ici à 2012, la priorité absolue est d'éliminer le déficit public, elle n'est pas de baisser les impôts. La situation de nos finances publiques nous l'interdit.
Christine LAGARDE ."
POUR FINIR, JE N'AI BAISSÉ NI L'IMPÔT SUR LE REVENU NI LE DÉFICIT TOUT EN SUPPRIMANT DES FONCTIONNAIRES SANS PARLER DE LA BAISSE DU POUVOIR D'ACHAT... MAIS IL Y AVAIT UNE PUTAIN DE CRISE INTERNATIONALE, QUAND MÊME !
ELYSÉE
ET PUIS, SUR LA LAÏCITÉ, J'AI TENU LE CAP ! TOUJOURS LÀ POUR LA DÉFENDRE...
L'INSTITUTEUR NE POURRA JAMAIS REMPLACER LE CURÉ OU LE PASTEUR !
ET DU CÔTÉ DES MUSULMANS, C'EST VRAI QUE LE CFCM - MA CRÉATION - EST PASSÉ AUX MAINS DES RADICAUX MAIS C'EST PAS MOI QUI FAIT LES ÉLECTIONS !
CFCM
NATURELLEMENT, MA POLITIQUE D'IMMIGRATION FUT UNE RÉUSSITE TOTALE...
JE NE COMPRENDS PLUS RIEN, BRICE ! POURQUOI ON EN VIRE AUTANT SI C'EST POUR EN LAISSER VENIR D'AUTRES ? !
NYPD
ON VIRE LES FAMILLES POUR FAIRE PLAISIR À NOTRE ÉLECTORAT ET ON LAISSE ENTRER LES TRAVAILLEURS POUR FAIRE PLAISIR AUX PATRONS DU BTP ET DE LA RESTAURATION !

ENFIN, S'IL Y A BIEN UN DOMAINE OÙ J'AI CHANGÉ LES CHOSES, C'EST LA JUSTICE. AINSI, J'AI SUPPRIMÉ TOUTES LES AMNISTIES ET TANT PIS POUR LA SURPOPULATION CARCÉRALE. DE TOUTE FAÇON, LES PRISONNIERS NE VOTENT PAS POUR MOI !
ET PUIS, MÊME LES FOUS SERONT JUGÉS POUR FACILITER " LE TRAVAIL DE DEUIL " DES VICTIMES...
MAIS POURQUOI 42 COUPS DE COUTEAU ?
C'EST LE DIEU MOLOCH QUI L'A EXIGÉ ! SYRIUS SOUHAITAIT CE SACRIFICE !
SANS PARLER DES PEINES PLANCHER...
C'EST LA 2ÈME FOIS QUE VOUS VOLEZ DES PETITES CULOTTES DANS UN SUPERMARCHÉ AVEC VOTRE COPINE ! JE N'AI PAS LE CHOIX... 2 ANS FERME !
PRISON
ENFIN, MON CHEF-D'ŒUVRE FUT LA LOI SUR LA RÉTENTION DE SÛRETÉ...
ALORS, CONTENT D'AVOIR PURGÉ VOS 20 ANS ?
PRISON
Centre de rétention de sûreté
BON, BEN THÉORIQUEMENT VOUS ÊTES LIBRE, SAUF QU'IL VA FALLOIR ENCORE PASSER QUELQUES ANNÉES EN RÉTENTION !
PARAÎT QUE C'EST POUR VOUS SOIGNER. ILS ONT PAS DÛ AVOIR LE TEMPS EN 20 ANS !

PFFF... JE DEVRAIS ÊTRE ADULÉ !
Voilà Les plus beaux seins des Présentatrices télé
RAISON DE PLUS POUR REPARTIR AU COMBAT ! FAIRE VALOIR TON BILAN ET VAINCRE ENCORE !
FRANCHEMENT, CINQ ANS DE PLUS, JE ME DEMANDE SI ÇA VAUT LE COUP...
MAIS J'Y PENSE... POURQUOI, TU N'Y VAS PAS, TOI ?
C'EST VRAI ÇA...
LES BOBOS T'ADORENT ET EN PLUS TU ES DE GAUCHE ! ÇA NOUS PERMETTRAIT DE RESTER À L'ÉLYSÉE, ET TU FERAIS JONCTION AVEC JEAN EN 2017 !
MON POULET... TU CROIS QUE JE N'Y AI PAS DÉJÀ PENSÉ...
MAIS C'EST GÉNIAL ! ALLEZ DIS, OUI ! JE T'AIDERAI, JE SERAI DERRIÈRE TOI, J'ORGANISERAI TOUT, TU SERAS MON HILLARY ! À DEUX, NOUS SERONS INVINCIBLES !
COMME QUAND TU M'AS ENVOYÉ VOIR LE DALAÏ-LAMA PENDANT QUE TU TENTAIS DE RÉCUPÉRER LES CONTRATS DES CHINOIS... JE SAIS !
DIS OUI !
CALME-TOI, IL FAUT QU'ON EN PARLE...
RISS

# NOTES

## PAGES 5 ET 6

Le récit de la soirée de la victoire électorale est fondé sur quelques entretiens avec des invités du Fouquet's ainsi que sur deux livres : Yasmina Reza L'Aube le soir ou la Nuit, Flammarion, août 2007. Ariane Chemin et Judith Perrignon, La Nuit du Fouquet's, Fayard, octobre 2007.

## PAGE 5

La description de la journée de Cécilia a été corroborée par l'une de ses proches amies.
Le rejet de quelques indésirables du Fouquet's (case 4) a été raconté dans différents ouvrages.

## PAGE 7

**CASE 4** L'anecdote sur les pains de Moisan vient du Canard Enchaîné ; la description du yacht vient de deux sites spécialisés : *www.gaspardyachts.com* et *www.yachtchartersdeluxe.com*

## PAGE 8

**CASE 4** Le récit d'Arnaud Lagardère résume une enquête publiée dans Marianne2.fr : Minc aux aguets, Dumay reprend la main au Monde, par Philippe Cohen, 21 décembre 2007.

## PAGE 10

**CASES 5 ET 6** Ces informations proviennent d'une enquête publiée sur le site Marianne2.fr Le mystère des hommes du président, par Anna Borrel, Philippe Cohen et Sylvain Lapoix (avec Grégory Onillon), 18 septembre 2008.

## PAGE 11

**CASE 2** La réplique de Martinon a été citée par le Canard Enchaîné.

**CASE 3** Voir Marianne du 27 octobre : Un turbo millionnaire à Bercy par Laurent Mauduit.

**CASE 4** Voir Marianne2.fr : Connaissez-vous la SPA, Sarkozy Press Agency ? par Régis Soubrouillard, 25 septembre 2007.

## PAGE 12 BIS

**CASE 3** La réplique de Nicolas Sarkozy concernant Hubert Védrine a été rapportée par un membre du cabinet de l'Élysée.

## PAGES 14 ET 15

Les propositions de ministère proposées par Nicolas Sarkozy nous ont été rapportées par plusieurs personnalités politiques du gouvernement et du Parti socialiste.

## PAGE 16

**CASE 2** En novembre 2007, le gouvernement a confié une mission relative aux agriculteurs à Frédéric Nihous (cf. Marianne2.fr : Bové entendu, Nihous missionné, les sarkozystes draguent la campagne, par Anna Borrel, novembre 2007).

**CASE 3 ET 4** Pour l'élection de la présidence du FMI, le staff de Sarkozy a fait mine de miser sur Fabius et DSK avant de se reporter sur ce dernier.

**CASE 5** Voir Marianne2.fr : Municipales : l'UMP cultive et chouchoute le "traître" local, par Philippe Cohen, 8 janvier 2008.

## PAGE 18

**CASE 6** Alain Minc a été suspecté d'avoir servi les intérêts du groupe Bolloré, dont il conseille le président, en proposant la suppression de la publicité sur les chaînes publiques.

## PAGE 19

**CASE 2** Le 16 décembre 2007, le président de la République a annoncé à une délégation du quotidien les Échos la nomination de Nicolas Beytout à la tête des Échos, en remplacement d'Éric Israelewicz, qui s'était opposé à l'arrivée de Bernard Arnault comme nouvel actionnaire du quotidien. Voir Marianne2.fr : Sarkozy annonce le retour de Beytout aux Échos !, par Emmanuel Lévy.

**CASE 3** Selon les animateurs du mouvement des journalistes contre l'arrivée de Bernard Arnault comme actionnaire, plusieurs signataires de la pétition ont retiré des signatures suite à des coups de fil de conseillers de l'Élysée.

**CASE 4** Statistiques de l'Institut national de l'audiovisuel.

**CASE 6** L'hypothèse d'une privatisation d'Areva qui ferait du groupe Bouygues, allié avec Alsthom, l'actionnaire de référence de cette grande entreprise court depuis le début du quinquennat. Elle a les faveurs de certains stratèges de l'Élysée. En revanche, celle de voir Nicolas Sarkozy devenir le président de ce nouveau groupe est une fantaisie des auteurs. Mais sait-on jamais...

## PAGE 20

**CASES 2, 3 ET 4** Jean-Louis Borloo s'est permis de convoquer une pléiade de rédacteurs en chef de la presse écrite et audiovisuelle en exigeant d'eux une véritable mobilisation en faveur de son plan écologique. Voir Marianne2.fr : Borloo super rédac-chef par Philippe Cohen, 27 septembre 2007.

**CASE 5** Ce déjeuner, nullement médiatisé, et néanmoins totalement ridicule, nous a été raconté par l'un des participants. Voir Marianne2.fr : Sarkozy : Chabot ? Elle est nulle ! par Philippe Cohen, 6 décembre 2007.

## PAGE 23

**CASE 6** Pour se faire pardonner le chahut médiatique provoqué par leur idylle, Nicolas Sarkozy a offert à Carla Bruni l'exemplaire original des Fleurs du Mal de Charles Beaudelaire.

## PAGE 24

**CASE 1** Henri Guaino a confirmé à l'auteur que Philippe Séguin avait été pressenti pour diriger la commission ensuite confiée à Jacques Attali, lequel a été proposé par François Fillon.

**CASE 2** Au moment de l'affaire du SMS du journaliste du Nouvel Observateur Airy Routier, Cécilia a refusé de démentir sur le moment le contenu du texte du SMS.

**CASE 3** La "Firme"désignait les ennemis élyséens de Cécilia, que le président a jugé bon d'écarter avant son divorce : Pierre Charon, Franck Louvrier, Brice Hortefeux, Frédéric Lefebvre. Tous sont revenus en grâce après le mariage de Nicolas Sarkozy et Carla Bruni. Voir le livre Sarkozy et "ses" femmes, d'Éric Decouty et de Bruno Jeudy, Plon, mai 2008.

## PAGE 26

**CASE 3** Il s'agit d'une manifestation des partisans d'Arnaud Teullé, dont les images ont abondamment circulé sur Internet.

**CASE 4** Le "sacrifice financier"a été effectivement évoqué par David Martinon.

**CASE 6** Il existe plusieurs hypothèses sur le commanditaire du sondage qui a facilité le limogeage de David Martinon. Voir Rue 89 : L'autre sondage confidentiel qui donnait Martinon en tête à Neuilly, par Guillemette Faure et Julien Martin, 19 février 2008. Voir aussi Marianne2.fr : L'affaire Martinon exhume les vices du métier de sondeur, par Philippe Cohen, 24 février 2008. Dans

les deux cas, l'action secrète de Patick Buisson, conseiller occulte du président, auquel il a déjà été fait référence dans La Face Karchée de Sarkozy, est signalée par plusieurs informateurs.

## PAGE 28

**CASE 1** Le dîner dit de rencontre entre Carla Bruni et Nicolas Sarkozy a été abondamment raconté par Jacques Séguéla sur les ondes d'Europe 1, puis par de nombreux journaux et dans de nombreux livres.

## PAGE 29

**CASE 1** L'épisode de l'anniversaire du président a été surmédiatisé. Voir notamment Paris-Match du 31 janvier 2008 : l'anniversaire de Sarkozy.

**CASE 2** Voir notamment Paris-Match du 6 février : Le mariage, et VSD du 6 février 2008 : Les dessous d'un mariage express ?

## PAGE 31

La réorganisation de la majorité s'inspire de la série Les nouvelles géographies de la sarkozye, publiée par Marianne2.fr les 6, 9, 1 et 11 juin 2008.

**CASE 4** Le président a effectivement sollicité Jean-Louis Debré pour lui proposer quelque chose.

## PAGE 34

**CASE 6** Les réflexions rapportées ici ont été effectivement formulées par des députés UMP.

## PAGE 35

**CASE 2** Toutes les saillies de députés sont bien réelles.

## PAGE 36

**CASE 2** Il est exact que Patrick Devedjian avait approché quelques hauts fonctionnaires pour constituer son cabinet. Éric Decouty et Bruno Jeudy on d'ailleurs rapporté l'anecdote dans leur ouvrage.

**CASE 4** Patirck Devedjian s'est effectivement élevé contre la décision du juge du Nord qui avait annulé le mariage pour cause de non-viriginité de la mariée. Or, Rachida Dati avait défendu ce jugement.

## PAGE 40

**CASES 1 ET 2** Ces deux anecdotes ont été abondamment narrées dans la presse et dans des livres, sans jamais être démenties par l'intéressée.

**CASE 3** La scène se passe le 23 janvier, lors d'un dîner avec notamment Tony Blair.

**CASE 4** La remarque de Sarkozy a été faite au cours d'un dîner avec des intellectuels. Elle a été rapportée par Le Canard Enchaîné et Le Nouvel Observateur.

**CASE 5** L'anecdote a été rapportée par des personnes travaillant à l'Élysée.

## PAGE 41

**CASE 3** Il s'agit de l'interview réalisée au journal Libération le 20 juin 2008. Voir Marianne2.fr : "Carla Bruni rédac'chef à Libé ? Pas sûr", par Philippe Cohen et Régis Soubrouillard, 19 juin 2008.

**CASE 5** Il s'agit d'un article publié le 7 février par Le Parisien ; c'est Pierre Charon qui a négocié le rectificatif.

## PAGE 42

**CASES 1 ET 2** C'est effectivement Carla Bruni qui a convaincu le président de renoncer à sa plainte contre Airy Routier et Le Nouvel Observateur.

**CASE 5** C'est ce qu'a déclaré Carla Bruni à Libération dans l'interview publiée le 21 juin 2008

## PAGE 43

**CASE 1** Peu après le mariage de Carla Bruni et Nicolas Sarkozy le surnom de Carlito à commencé à circuler dans les couloirs de l'Élysée.

**CASE 2** L'Express du 2 avril 2008 a révélé que Carla Bruni avait déjeuné avec le rédacteur du Canard Enchaîné en charge du Journal de Carla. Le site Arrêt sur Images a établi qu'il s'agissait de Jean-Michel Thénard.

## PAGE 44

**CASE 3** La maison de disques Naïve avait envisagé ce slogan de lancement pour le disque de Carla Bruni.

**CASE 4** Selon Le Canard Enchaîné, Nicolas Sarkozy est intervenu pour fixer la date de sortie du disque de Carla Bruni.

## PAGE 45

**CASE 4** Selon Le Canard Enchaîné, le nouveau patron du service d'information du gouvernement a demandé que le budget de son service passe de 5,7 à 22,4 millions d'euros, ce qui lui a été accordé.

## PAGE 46 ET 47

Toutes les citations sont exactes.

## PAGE 48 ET 49

Toutes les déclarations de Sarkozy dans les cases de gauche sont extraites de déclarations de campagne du candidat Sarkozy.

## PAGE 52

Toute l'affaire du départ de Jean-Marie Bockel est relatée d'après des témoignages de sources internes au gouvernement.

## PAGES 57 À 62

Tout l'épilogue de cette BD est purement imaginaire... mais tellement réaliste...